重返基利贝格斯 Retour à Killybegs

Sorj Chalandon [法] 索尔 · 沙朗东 著 林 苑 译 人民文学出版社

著作权合同登记号 图字 01-2016-6177

图书在版编目(CIP)数据

重返基利贝格斯/(法)索尔·沙朗东著;林苑译.
—北京:人民文学出版社,2016
ISBN 978-7-02-012001-7

Ⅰ.①重… Ⅱ.①索… ②林… Ⅲ.①长篇小说-法国-现代 Ⅳ.①I565.45

中国版本图书馆 CIP 数据核字(2016)第 221974 号

责任编辑 甘 慧 何家炜
装帧设计 高静芳

出版发行 人民文学出版社
社 址 北京市朝内大街 166 号
邮政编码 100705
网 址 http://www.rw-cn.com

印 刷 山东德州新华印务有限责任公司
经 销 全国新华书店等

字 数 160 千字
开 本 889×1194 毫米 1/32
印 张 8.875 插页 2
版 次 2016 年 12 月北京第 1 版
印 次 2016 年 12 月第 1 次印刷

书 号 978-7-02-012001-7
定 价 35.00 元

致爱过叛徒的人

“你们知道树看到斧子进森林时怎么说吗？瞧啊，那把柄是咱自己人！”

——贝尔法斯特的一面墙

序　言

“如今一切真相大白，他们必然要代我发言。爱尔兰共和军[1]，英国人，我的家人，亲近的人，素未谋面的记者。有些人甚至敢向你们解释我为什么又是如何要走到背叛这一步。也许还会有关于我的书出版，想起来就气人。切莫听信他们所言。不要相信我的敌人，更不要相信我的朋友。遇到声称认识过我的人，你们最好扭头就走。谁也不是我肚里的蛔虫，没有人。我今天之所以开口，是因为只有我才能说出真相。因为我希望，在我之后，是休止。”

基利贝格斯[2]，二〇〇六年十二月二十四日

蒂隆·密汉

---

① 爱尔兰共和军（Irish Republic Army），英文简称爱尔兰共和军，成立于 1919 年，由旨在建立爱尔兰共和国的民族主义军事组织“爱尔兰义勇军”改编而成，曾为爱尔兰独立和北爱统一而战。——译注（本书脚注若无特别说明，皆为译注。）

② 基利贝格斯（Killybegs），爱尔兰北部当尼戈尔郡的港口城市。

一

父亲揍我的时候嘴里喊的是英语，就好像他不愿让我们的语言掺和进来。他一边揍着，战士口号般的词语从歪拧的嘴型里咆哮而出。父亲揍我的时候他不再是我父亲，他只是帕特里克·密汉。杀气满面，眼神冰冷，那个来者不善、谁见了都要换道走的密汉。一喝酒，父亲便会猛砸地面，撕裂空气，口齿不清。他走进我房间，黑夜也要吓一跳。他不点蜡烛。他像头衰老的动物一样喘着粗气，我等着他的拳头砸下。

一喝酒，父亲就像我们的敌人一样占领爱尔兰。他对周遭充满敌意。在我们的屋檐下，家门口，基利贝格斯的路上，荒野中，森林边缘，白天，黑夜。所到之处，他用粗暴的动作强占地盘。人们远远就能看到他。人们远远就能听到他。他的话语和动作一样踉踉跄跄。在我们村上的慕林酒吧，他顺着凳子滑下来，朝桌子走过去，大手掌往酒杯间猛一拍。他不同意的时候？他会以这样的方式回应：手指直接戳进啤酒里，配合眼神，话都不用说。其他人都闭了嘴，压低了帽檐，只留眼睛偷偷瞟望。然后他站起身，双臂交叉在大厅里踱步，等待反击。喝了酒的父亲叫人害怕。

有天，在去港口的路上，父亲给了老麦克加里格的驴乔治一拳。卖炭翁给他的牲口起了个英格兰国王的名字，为的是能狠狠踹它屁股。我在那里，跟着我的父亲。他带着早晨的微醺跌跌撞撞，我跟在后面一路小跑。老麦克加里格在教堂对面的街角处举步维艰。他一手拽驮鞍一手抓笼头拉着这头纹丝不动的驴，不惜以诸神的名义加以威胁。父亲停下来，看着老头和前肢离地的驴，一个慌张，一个倔强。他穿过街，推开麦克加里格，站到驴对面，厉声呵斥它，好像他面前站的是不列颠君王。他问它知不知道帕特里克·密汉是谁，敢不敢想象是它在跟谁作对。他弓身把脸凑过去，额头对着额头，威胁它，等待牲口给他一个回复，一个动作，等它投降。然后他一拳下去，打在眼睛和鼻子中间。乔治一个踉跄，侧身倒下，板车上的煤块撒了一地。

“永远的爱尔兰!”[①]父亲喊道。

然后他拽着我的胳膊把我拉走。

“讲盖耳语[②]，就是抵抗。”他接着自言自语。

我们继续赶路。

*

孩提时代，母亲差我去酒吧里找他。天很黑。我不敢进去。我在慕林厚重的门和窗帘低垂的窗口徘徊，等着有人出来才好溜进混杂着啤酒酸、汗臭、潮湿的大衣和冰冷烟草的

---

① 原文为爱尔兰语。

② 指爱尔兰语。

气味里。

“帕特？我想是喝汤的时间到了吧。”父亲的朋友们笑他。

他私底下举手揍我，但当我进入他的世界，他张开双臂迎接我。那时候我七岁。我低着头，倚靠吧台站着等他把歌唱完。他闭着眼睛，一只手放在胸口。他在哀悼破碎的国家、逝去的英雄、失掉的战争，他向伟大的先人们求助，向一九一六年的起义者求助，向排成哀怨长队的所有在战争中牺牲的先人求助，盖尔部落的首领们，还有圣帕特里克[①]，用他的螺旋手杖驱赶英格兰的牛鬼蛇神吧。我呢，仰望着他，听他唱歌。我观察着其他人的肃静，我以他为傲。不管怎样，毕竟。以帕特·密汉为傲，以这位父亲为傲，尽管我后背满是深色的伤疤，我的头发被一撮撮揪下。当他为我们的土地歌唱时，所有的额头都高高昂起，所有的眼睛都噙着泪水。在凶恶的那一面之外，父亲首先是个爱尔兰诗人，而我就是以这个男人的儿子的身份被看待的。更何况，穿过这道门，我感到热量。有手扶我的背，拍我的肩，有男人之间的眼色，使给还是孩子的我。有人允许我在棕褐的啤酒沫里蘸湿嘴唇。我的苦涩就是从这里来的。我喝着这种土地和血液的混合物，细细体会个中滋味。这种浓稠的黑色液体后来成为我的生命之水。

“我们汲饮着我们的土地。我们不再是人。我们是树。”高兴的时候父亲如此唱道。

---

① 公元4世纪时爱尔兰的基督教传教士和主教，被誉为“爱尔兰使徒”。

其他人都是把杯子一放帽子一扣就离开酒吧。父亲可不这样。迈过门槛之前，他总要讲个故事，最后一次吸引众人注意。然后才站起身，套上大衣。

然后，他和我，我们便回家。他踉踉跄跄，我以为我搀着他。他指着月亮，还有路上的月光。

“那是死人的光。”他说。

月光下，我们的身影已经有几分幽灵的意味。大雾的某夜，他抓着我的肩膀，在缥缈的山丘之前，他向我保证，生命过后，一切就会是这样，宁静，美丽。他对我发誓，我不再会有任何恐惧。经过写着“NA CEALLA BEAGA”① 示意村子尽头的木牌时，他向我打包票，说天堂里讲的是盖耳语，说那里的雨就跟这个夜晚一样细腻，但是温润甜美得如蜂蜜般。然后他就笑了。他往上提了提我外套的领子，怕我冷。甚至有一回，在回家的路上，他拉了我的手。我心头却发痛。我知道这只手还会变成拳头，很快，它就会从柔软变得如金属般坚硬。一个小时后，或者明天，我无法明了其中原因。出于恶意，出于骄傲，出于愤怒，出于习惯。我是父亲双手的阶下囚。但是这天晚上，我的手指和他的手指叠在一起的时候，我享用了他的热量。

*

我父亲曾是爱尔兰共和军的一员。他是志愿兵，盖耳语

---

① 爱尔兰语中的基利贝格斯。

叫 *óglach*，当尼戈尔[1]旅的普通一兵。一九二一年，他和几名士兵一齐反对和不列颠人达成的停火协议。他拒绝设立国界，拒绝建立北爱尔兰，拒绝把我们的祖国一分为二。他要把英国人赶出整个国家，要战斗到最后一颗子弹。独立战争中对抗完英国人，随之而来的是内战。

“叛徒，懦夫，无耻卖身之徒！”父亲以唾弃的口吻谈及躲到停战协议后的昔日战友。

这些叛徒用的是英国人的，穿的是英国人的，他们竟然朝他们的昔日战友开火。他们身上唯一跟爱尔兰沾边的，就是手上沾染的我们的血。

父亲曾经未经审判被英国人监禁，被定死罪后又被赦。一九二二年，他再次被捕，这次抓他的是选择了和解阵营的爱尔兰人。他从来未对我讲过，但是我知道。时隔六年，他又回到同一所监狱，同一间牢房。在被敌人虐待之后，他被旧日的战友虐待。他被打了一周。新的爱尔兰自由邦的战士要知道爱尔兰共和军最后的残部在哪儿，叛逆抗拒分子在哪儿。他们想发掘造反者藏匿武器的地方。这些流氓日夜不断对父亲施加暴力的时候嘴里说的是英语。他们用敌人的钢铁武装自己的声音，好像不愿让我们的语言掺和进来。

“您是英国人吗？”某天一位美国老太太问他。

---

① 当尼戈尔（Donegal），爱尔兰岛最北部的郡，历史上属阿尔斯特省。

“不，相反。”父亲回答。

父亲揍我的时候，他是相反的那个。

一九二三年五月，最后几名爱尔兰共和军的志愿兵放下了武器，爸爸也老了。我们的人民已分裂。爱尔兰被一分为二。帕特·密汉失掉了战争。他不再是个男人，他是失败。他开始喝很多酒，开始动不动咆哮，开始打架。开始打他的孩子。他的军队投降时他有三个孩子。一九二五年三月八日，我来到申阿纳、萝西和玛丽中间，头对脚睡在那张大床上。还有另外七个会从我母亲肚里爬出来。有俩没能活下来。

*

一九三六年十一月，我最后一次瞥见父亲的勇敢。他从斯莱戈[①]回来。他和若干爱尔兰共和军旧友一起突袭了爱尔兰法西斯“蓝衫党”的一次公开会议。蓝衫们将要奔赴西班牙与弗朗哥将军并肩作战。拳头加椅子的对阵仗打完，父亲和他的同志们决定前往西班牙共和国。好几天里，他张口闭口都是出发去战斗。他英俊，伟岸，狂热，他在厨房里迈着战士的步伐。他想加入国际纵队的康诺利支队[②]。他说爱尔兰打了场败仗，如今战场在那边。父亲不仅拥护共和国，他还

① 斯莱戈（Sligo），位于爱尔兰西北海岸的斯莱戈郡首府。

② 国际纵队里的爱尔兰志愿兵队伍。

是名漫不经心的天主教徒，终其一生都在为社会革命而战斗。在他看来，爱尔兰共和军应该是支革命的军队。他敬仰我们国家的旗帜，但更热爱工人斗争那一抹红。

他四十一岁，我十一岁。他已为西班牙之行准备好行囊。我还记得那个早晨。我母亲在厨房，她和他说了一晚上的话。她哭了。他面色坚定如岩石。她一边削土豆，一边挨个叫着我们的名字。她低声念着。那是祈祷，是一段痛苦的祷文。她就在那，桌子前，身体前后轻微晃动着，把我们当做念珠串上的粒粒珠子般诵咏。“蒂隆……凯文……安妮……布莱恩……尼尔……”父亲背对着她靠着大门站着，额头贴在木头上。她对他说如果他走了我们会挨饿，她独自一人怎么也无法照料我们所有人。她对他说没了男人土地就养不了我们，人们看都不会看我们一眼。她对他说仁慈圣母修女会的修女们会把我们掠走，我们会和街上的流浪儿一起被纽金特神父的船送往魁北克或澳大利亚。她对他说她会任凭自己孤单死去，他也会死掉的，他永远回不来了。她说西班牙比地狱还遥远。我记得我父亲的动作。他往门上捶了一拳，狠狠地，好像在要求魔鬼来做判决。他缓缓转过身，紧抿着嘴，看着母亲和堆满土豆皮的桌子。他抓起为第二天准备好的包，朝屋子另一头扔去，包落进壁炉里。火堆仿佛都吓了一跳，在冲击波中退却了一下。蓝色的火焰接着吞噬了帆布包，泥炭和布料的味道飘出。父亲愣住了。他有时会做出这样的举动，却压根儿不知道他在干什么。有天他朝我后腰踢了一脚，然后看着我抱着双臂趴在地上，他不明白我在地上干什么。他把我扶起来，扫去划得我满腿是伤的砾石，把我抱在怀里说他很抱歉，但一切是我的错，毕竟，我不该用挑衅的眼神看他，嘴上还带着这样的笑。但他爱我。他已尽其所能爱我。还有一次，他看到我嘴里有血。我知道这腥味是什么，故意让血流到下巴上，翻着白眼做出气数将尽的样子。我觉得他当时很害怕。他铺开手掌擦我的嘴唇和脖子，一边不停喊着“我的天！我的天！”，好像刚刚打我的不是他是别人似的。有几次，在黑暗中，他打完我之后，还用手指摸我眼睛底下。他想知道我有没有哭。我知道他会有这个举动。从他打第一下开始就知道。他总要通过核实我的痛苦来结束惩罚。但我不哭，从来都不。“你倒是哭呀！”母亲哀求道。所以在抱头的时候，我偷偷把手指伸进嘴里，蘸着口水在脸上乱抹一通。他把我的口水当成眼泪，确信他的捣蛋儿子总算得了教训。

这天早晨，他在壁炉前也有了一样的惊讶表情。他没明白自己刚刚做了什么。他眼望着他的背包，他所有家当，他的生活。他的裤子，无领衬衣，两件坎肩，那双鞋，备用烟斗。火势顷刻扩大。背包被火焰开膛破肚。西班牙在燃烧，还有他的复仇心和幸福梦。我母亲一动不动，一语不发。沉默。只有父亲的鞋在火里像木头一样噼啪作响。还有他的烟斗，燃出了蓝蓝的火焰。

父亲抓起我的胳膊把我拖出房子，一直把我拖到路上才放开。他走，我默默跟着。我们往港口的方向走去。他几乎是闭着眼睛。当我们碰上麦克加里格和他的驴乔治时，父亲往地上啐了一口。牲口在老卖炭翁的推搡下嘶鸣。

“永远的爱尔兰！”他给了牲口一拳后喊道。

“永远的爱尔兰！”是“爱尔兰人联合会[①]”的战争口号，那个在他们的绿色旗帜上围绕金色竖琴的神圣句子。一九三六年十一月九日星期五。帕特里克·密汉对一头驴动手。我同时失去了一位父亲和一位英雄。

在基利贝格斯，我父亲最终以得名“混蛋[②]”收场，人们背地里这么喊他。我管他叫“我的恶人”。他，原爱尔兰共和军战士，传奇老兵，卓越毒舌，晚间说书人，酒吧里的歌者，他，板棍球运动员，当尼戈尔有史以来喝黑啤最厉害的人，他，帕特里克·密汉，成了街上令人胆怯、酒吧里被人遗忘的生物，他被遗落在无人关注的角落，在飞镖游戏和男厕所之间。他成了个流氓，意味着，说到底，一个无足轻重的人。

*

帕特·密汉死的时候口袋里装满了石子。人们也是由此才知道他其实是想告别生活。他在一九四〇年十一月丢下了

---

① 爱尔兰人联合会，成立于18世纪的自由派政治组织，旨在推动国家议会改革，摆脱英国统治，建立独立的爱尔兰共和国。

② 原文为英语。

我们。他在母亲的沉默中穿上周日的好衣裳。那天早晨他离家去慕林找他的老地方。他跟以往每天一样喝了很多，还不让人收走杯子，意在把它们摞在桌子边上以显示他的酒量。他独自一人喝着，不读任何东西，也不跟任何人说话。这天夜里，我们一直等着他。

黎明时分，母亲用披肩把身子裹紧，为的是保护肚子里睡着的婴儿莎拉。她在冷冷清清的村子里寻找她的丈夫。我去了酒吧。服务生正徒手在马路牙子上滚酒桶。父亲在凌晨一点离开了他的酒吧。最后走的一拨。就在酒吧打烊之前，他在桌子之间来回晃荡，寻找某个眼神。没人和他对视。老板用下巴告诉他门在那儿呢。他出了门，往左拐。是码头的方向。他撞着村子的墙走着。有两个目击者看见他在采石场旁边蹲下来，在路旁捡着什么东西。天很冷。天亮的时候人们在村子入口处找到了他，在一条通往海边的路上。他浑身铁灰色，躺在冰冻的地上，流出的血都结了冰。他的左臂高举着，紧握拳头，好像和天使战斗过。在挪动他之前，警察们以为他是意外身亡。喝高了，跌倒了，没能站起来，睡了过去等明天到来。直到把他的身子翻过来，爱尔兰和平卫队[①]才明白怎么回事。父亲在寻死的路上死掉了。他把所有口袋都装满了石子，裤子，坎肩，上衣，蓝色羊毛大衣。

他甚至往鸭舌帽里也塞了石头。那是夜里他在采石场捡的岩石碎块。他朝着结束走去，心脏却提前撂了挑子。他想

---

① 即爱尔兰警察，原文为爱尔兰语。

死得跟这里的农民一样。趟进海里，等海水来带走。他在口袋里装了一点自己的国家。他离开的时候身上装满了他的土地，没有言语，没有哭泣。只有风，海浪，和死人的光。帕特里克·密汉想要一个传奇般的结尾。父亲却死得可怜，脸摔烂在霜冻和没派上用场的石子上。

二

父亲一死，人们对我们避而不见。悲惨会传染。看到我们走过会带来不幸。我们不再是一个家庭，充其量只是一支脸色惨白的队伍。我的母亲和兄弟姐妹，我们成了由一头濒临疯狂的母狼带领的可怜兽群。我们列队走路，一个拽着另一个的大衣角。三个月里，我们靠施舍活命。我们在寺院帮手，以换取卷心菜和土豆。萝西和玛丽跪着洗过道。申阿纳、小凯文和我七手八脚擦玻璃。安妮、布莱恩和尼尔在食堂帮忙，母亲坐在过道的长凳上，胸前的宝宝莎拉掩在披肩和乳房之间。我并不觉得不幸。不难过，不羡慕。我们靠着这点东西就能活着。夜晚，我和兄弟们一起和以自称“码头之王”的蒂米·高穆里为首的那帮人玩拳头。十来个小孩，有跟我们一样没少挨打的，衣衫褴褛，脾气火爆，凶神恶煞，也有鼻子一出血就吓个半死的冒牌货。他们管我们叫“密汉黑帮”。多诺格神父操榛树枝将我们分开。他无法接受修道院的穹顶下有我们的笑声，更不能忍受我们在夜间游戏。

一九四〇年的冬天，我和申阿纳去泥煤场干活。两个月里，每天都去。以前我们会在春天和万圣节的时候去帮忙用铁锹切地，往骡子身上装，但那是头一回我们在寒冬里干活。农场主需要人手在库棚下搬运采集的泥炭。这会儿的泥不会把鞋吸掉，但是水和霜冻会把它们变得跟硬纸壳一样。壕沟里有二十来个小孩。农民们管我们叫“季节工”。比孤儿好听多了。我们冻得瑟瑟发抖。泥块堆积在胳膊上沉得像挂着个死人。老板给我们泥炭、肥肉和牛奶做交换。没有钱。他说钱那是给男人用的，而我们既不喝酒也不抽烟。

约瑟夫（“约什”）·拜恩是我们里面最勇敢也是最年轻的一个，还不到六岁。每天九小时，他仔仔细细把冰冻的小煤砖摞好，盖上篷布遮起来。他还唱歌。他给我们唱出别样的天空。和他在一起时，我们是水手，我们的手在他的歌声中把泥地切块，就像是升起了船帆。他唱得很有节奏，双臂交叉，在雨中，在风中，用爱尔兰语，用英语。他边唱歌边跺脚。他还不会读也不会写，于是有时唱错歌词。他自己编造各种韵脚和单词，惹得我们发笑。

父亲逃跑，母亲早逝，约什由她的姐姐们带大，他是沾满烂泥的裙脚和油乎乎的围裙堆里唯一的男孩。他想当兵，或神父，总之是对人类有用的事。他长得很纤弱，还戴着眼镜，他会成为神父。

不唱歌的时候，他为我们祈祷。他在壕沟里高声祷告，就跟在坟前似的。早晨，操起铁锹之前，我们跪着听他祷告。夜晚，三下钟声在圣布里吉教堂响起时，他会向马利亚致敬，如果那时候我们闭着嘴他便会瞪圆了眼睛。多诺格神父很喜欢他。他管他叫“天使”。他是他的侍童。尽管他年纪很小，长相也挺寒碜，肤色如白粉浆，头发像马鬃，还长着一对斗鸡眼和一双招风耳，但颇受人敬重。女人们说有他有神明附体。妈妈看他是个拉布列康[①]，矮妖，我们森林中的小精灵。有天蒂米·高穆里信誓旦旦说肯定是上帝为了把他变成神而折磨他。

“多可惜！我希望不是这样。”约什轻声回答。

高穆里于是抱着满腔恶意不知如何是好，周围簇拥着他那帮土狼兄弟。

是高穆里和他的兄弟们让我们不得不离开爱尔兰。他们残酷得超乎异常。二月的一个晚上，蒂米和布莱恩在通往神父家的路上拦下了小凯文。我弟弟正从农场带牛奶回家。他把奶壶抡得团团转，一边吐口水。小凯文总这么干。当他害怕、生气或者他的安静被搅扰的时候，他便像猫科动物一样竖起毛发。他的红发散乱，嘴唇翘起，露出黑牙，口水流到了下巴，他不停地吐口水。这次，高穆里兄弟没有后退。蒂米拿我们的国球板棍球的球棍照着我弟弟的腿打。布莱恩握紧拳头打他的耳朵。小凯文把铝壶在矮墙上撞得坑坑洼洼，还在不停地往人影上啐。他一瘸一拐回到家中。他在哭，手里紧紧攥着奶壶的把手跌倒在路边。没人责怪他。母亲往窗外张望，她怕那帮人跟过来。申阿纳和我冲出门，嘴里渗出了血和牛奶的味道。小凯文满身是尿。这帮狗杂种往他身上撒尿。我们喊着该死的蒂米·高穆里的名字穿过村子。申阿

① 拉布列康（Leprechaun），矮妖，爱尔兰有名的传说生物。

纳往他母亲所在的杂货店的窗户扔了块石头。我们没有杀任何人。我们放弃，回了家。

母亲头上裹着披肩在门口等我们。她接受了她哥哥劳伦斯·芬尼根的提议。我们不能再继续生活在基利贝格斯了，不能继续生活在侮辱和潮湿之中，继续挨打。她离开，我们跟着。我们会离开爱尔兰，父亲的土地。我们要去别的地方，去另一边，我们要穿过边境投奔战争。

“只要我活着，我的孩子就不会看到英国人的旗子。”我父亲喝高了就会这么说。

他死了。他说的话也和他一起死了。

母亲决定出售父亲的房子。蓝黄的启事牌在小路的砾石上插了好几星期。但是没人对这座凄凉的石屋感兴趣。太狭窄，独处一隅，离什么都远。死神在这里游荡，还有那个女人的悲惨和痛苦，她手持念珠，跟耶稣讲话就像在对自己的男人发脾气。

一天早晨，天蒙蒙亮，劳伦斯舅舅驾着他的烟囱清通工的卡车来了。那是一九四一年四月十五日，复活节过后的两天。母亲说我们第二天去贝尔法斯特做弥撒。

贝尔法斯特。这座大城市，这个他乡，让我颤抖。劳伦斯很像妈妈，有着一样粗糙的声线。眼神也更冷酷。但更为相似的一点，是他活在沉默中。他很少说话，从不起誓，也不唱歌。嘴唇对他来说是祷告的门槛。

他点了点我们兄弟姐妹的人数，就跟我们把羊卖给城里买家的时候一样。天气很好。也就是说，没有雨，一点下雨的意思也没有。海风呼呼径直吹进房子里。我们几乎什么也没带走。没带桌子凳子，也没带碗柜。不过还是带了那只戈尔韦产的大汤碗，那是外婆送给她女儿的。床垫摞在篷布下。申阿纳、母亲和宝宝莎拉坐在劳伦斯旁边，我们剩下所有人吵嚷着挤在后面。记忆中那是一个奇怪、可笑又紧张的时刻。妈妈在哭。她关上门又往上面踢了一脚，然后要求绕点路去和她丈夫道别。

我们穿过村子。一个女人看到我们经过，在胸前画了十字。其他那么多人都继续赶他们的路。没有敌人，没有朋友，没人为我们哭，也没人来诅咒。我们离开了我们的土地，土地一点儿不在乎。

到了墓场，舅舅放下卡车后栏板，我们一起朝父亲的墓走去，除了宝宝莎拉，我们由她在车里睡觉，还有劳伦斯，留下守着方向盘。妈妈让我们在十字架前跪下。然后她对父亲说所有这一切都是他的错。说我们不会再有家，不会再有面包。说她有天会病倒，我们也会一个个相继死在德国人的炮火中或英国人的刺刀下。说她已经难以为继，我们的面颊凹陷，眼圈漆黑。她拉过来一位正在扫平丈夫墓前砾石的女子当证人。

“是吧？您看见了吧？您数数？九个！九个孩子，我一个人对付九个，没人帮我！”

女子扫了我们这群人一眼，一言不发地点了点头。我还记得这一刻是因为有只海鸥笑了。它在风中摇晃着飞过我们头顶，还取笑我们。

*

我从来只在父亲仇恨的眼光中见过英国兵的制服。在他嘴里，不知有多少士兵被他揪过衣领！按他的说法，皇家军队中有一半的人屁股上带着他鞋底的泥滚回了老家。

在北爱尔兰的边境线上，英国人让我们下了车。我那时还不会区分阿尔斯特志愿者①，皇家警察，或者是特别纵队，那些被我们的人民唾弃的"B-Specials"②。劳伦斯一声不吭。我母亲也是。好像有命令禁止密汉家或芬尼根家的人跟这些人说话似的。他们戴着头盔，裤子拧绞着塞在战靴里。过来搜身的那个人衣领扣到脖子上，平顶头盔，胸前背着包，背后是步枪和妈妈害怕的刺刀。那是我生平第二次见到英国国旗。

第一次，是一九三〇年六月十二日，在基利贝格斯港口。"前进号"，一艘英国的蒸汽拖网渔船，临时靠港维修故障发动机。船上有两根桅杆和暗红色的船帆，黑烟从烟囱冒出。不到一小时，半个村子都来到了大堤上。那时候我五岁。

---

① 指北爱志愿者，北爱志愿军的前身。该组织由联合派的新教徒成立于1912年，反对爱尔兰独立，主张保持英国统治。

② 特别纵队，B-Specials或B-Men，指阿尔斯特特别警察（Ulster Special Constabulary），北爱警察武装储备力量，建立于1920年，同为反对爱尔兰独立的新教徒武装组织。

我拉着申阿纳的手，父亲也在那里。水手们安放舷梯，哥哥让我读用白漆刷在船尾的船号。我认得那些数字，很是自豪。我甚至在很长一段时间内都保留着那个号——LT534——回家后妈妈和我把它记下来了。两名码头警察手里拿着一面爱尔兰旗帜上了船。船长命人挂的那面礼节旗又脏又破。那么基利贝格斯就送他们一面崭新的爱尔兰旗。这面旗随后升起在右舷船首的桅杆上，警察们敬礼，围观人群大声鼓掌。水手们倚在舷墙上默默抽烟，一言不发。他们的船旗在船尾打瞌睡，硕大的旗帜被我们的风卷绕在桅杆上。

很久以前，父亲和他的伙伴们曾经在我们村的广场上烧过联合王国国旗，纪念一九一六年的起义①。复活节周的某天，他们聚集在纂林门前，向詹姆斯·康诺利②、帕特里克·皮尔斯③以及其他所有被处决的人致敬。雨也停止下。父亲站在一只啤酒桶上发表演讲，他眉头紧皱，高举着演说家的双臂。他让大家不要忘却同胞们的牺牲并要求默哀一分钟。随后，人群中蹿出一个人，从上衣里头抽出一面大不列颠国旗，父亲用他的打火机把它点燃。那不是一面正儿八经的国旗。不

---

① 复活节起义，由爱尔兰志愿军和爱尔兰国民军发起，是爱尔兰共和派武装争取从英国独立的尝试。起义从 4 月 24 日持续到 4 月 30 日，最终遭到镇压，起义领袖被送军事法庭并处死。

② 詹姆斯·康诺利（James Connolly，1868—1916），爱尔兰革命家、社会主义运动领导人，1916 年复活节起义领袖之一。

③ 帕特里克·皮尔斯（Patrick Pearse，1879—1916），爱尔兰教师、律师、诗人、作家、民族主义者与政治家，1916 年复活节起义领袖之一。

是一面由英国人在英国制造的旗帜。我们那面旗画在一件白色罩衫的背上，画得很糟糕。颜色晕出十字，不过还是可以辨识。旗子燃烧，人们鼓掌。我在那里。我很自豪。我和其他人一样拍打双手。我们大概有五十来人。两名爱尔兰警察监督着集会。

“他妈的！别这么干，帕特·密汉！别烧他们那该死的旗！”在我父亲点燃那面旗的时候，两人中年纪大的那个朝他喊道。

“市里会有麻烦的！”另外那个也哀求。

爱尔兰作为一个自由的国家已经十五年了，可人们继续认为英国军队随时可以跨越国境线过来复仇。

两个警察跑着穿过广场。父亲和他的同伴们高喊“叛徒！”。他们已经做好为这团火焰而战的准备。女人们吼着抱紧她们的孩子。然后是凯茜·马龙有了个好主意。她摘下披巾，抬起头，高高扬起额头，闭上眼睛，双手握拳拍打裙子唱起了《战士之歌》。爸爸和其他人于是摘下帽子，立正，老兵的阵势。警察吓傻了。本来正跑着，突然被头几个音咬住，仿佛听到下命令的哨声，乖乖服从。他们停下来，肩并肩，用大拇指整理了一下腰带，将手指搁到帽檐上。没有任何杂音。只有我们的国歌，我们水晶般的自豪，和凯茜忘情的哭声。敌人的旗帜燃烧着，掉到了潮湿的路面上，被一群爱国者、几名裹着披巾的妇女、十个膝盖破烂的小孩和两名身着制服的爱尔兰警察藐视。真的，这一辈子，我再也没有在任何盛大壮观的纪念庆典中体会到能和这一刻相提并论的快乐和原生之美。

边境线上，他们的旗子又小又破，吊在旗杆半截处就像一块在晾晒的布头。但这次却是面真旗。这些英国人也是真的。我似乎觉得他们穿得比我们的士兵要好。也许是因为他们让我害怕。妈妈说过，他们跟我们说话时我们得垂下眼睛，可我却面对面直视他们。

“你是来打油桶[①]们的？”搜我身的那名军人问道。

“什么们？”

那家伙用奇怪的眼神看着我。他有很古怪的口音，跟劳伦斯一样。那是个偷偷套上英国军装的爱尔兰人。他的上衣上头有枚徽章，是一架罩着皇冠的竖琴。

“油桶们？就是……酸菜[②]，弗里兹[③]们，可得醒醒小子！”

“德国人。”舅舅低声说。

他在我背上搜，两腿间搜，在我平举的胳膊底下搜。

“你不知道我们在打仗吗？”

“是的，我知道。”

他打开我的包，把手伸进去，就好像那是他的包。

“哦不。爱尔兰人，你不知道，你什么都不知道。”正在搜查卡车的士兵插话。

---

① Jerry，英国人对德国人的戏称，来源于德国产的油桶 Jerry Can。

② Kraut，原意是酸菜，后演变为对德国人的蔑称。

③ Fritz，也是德国人的别名，来自 Friedrich 这一德国人中常见的名字。

他，是个真的。一个来自英格兰的英格兰人。父亲经常模仿他们说话的方式，上唇紧贴牙齿，带着广播里的人才有的可笑音调。

“别看我的眼睛，爱尔兰人！转过身去！你们，通通转过去，举起手来，脸贴到篷布上！”

舅舅把我强行拧转过来。我们都举起了手。

“你们的把戏，是在我们背后开枪，啊？”

我感到他就在我身后。

“去年爱尔兰共和军的王八蛋向我们宣战的时候你鼓掌了吧？”

我不会回答。

“你知道他们在伦敦和曼彻斯特的电影院里放炸弹吗？还有邮局，火车站，地铁里？你听说过吗？你怎么看，爱尔兰人？”

“他才十六岁。”母亲脱口而出。

“你给我闭嘴！我在跟这小子说话。”

“算啦。”另外一个士兵平静地嘟囔了一句。

他让我转回身来，放低手臂，把乱糟糟的包还给了我。

“你是来帮我们打胜仗的，对吧小子？”

我盯着他沾满泥的鞋子。我强烈地思念我的父亲。

“因为除此之外，这里就没什么可图的了。”

我抬起眼睛。

“叛徒，我们会吊死。希特勒已经够我们忙的了，明白吗？”

他提高音量。

“好吧！听着。你们进入英国了。这里没有德·瓦莱拉[①]，没有中立，没有你们天主教徒那些破玩意儿。如果你们不同意，现在就掉头！”

我撞上了劳伦斯沉默的眼神。他示意让我闭嘴，额头依旧贴在篷布上，双手高举。

于是我低下头，和他一样，和妈妈一样，和我的兄弟姐妹一样。和所有等在路边的爱尔兰人一样。

我舅舅住在克里夫顿维尔，贝尔法斯特的北边。天主教徒聚居区，民族派的据点，被英国皇室的忠实拥趸新教徒的街区包围。他是个鳏夫，没孩子，拥有两座房子，房子挨着，中间连着一个共同的院子。头一座房子是他作为烟囱清理工的工场，第二座是他的住处。我从来没见过这么狭窄的街，这么阴森的齐排砖墙，笔直的，望不到头。每一家住一兔子窝，长得完全一模一样。一扇门，一层两扇窗，二层两扇窗，板岩屋顶，一根长长的烟囱。没有彩色的门脸，没有我们家乡那些耀眼的绿黄蓝。只有贝尔法斯特的砖，脏兮兮的，红里发棕，还有微微露笑的窗帘。就连窗前摆着的圣母祈祷像也是，到处一个模样，蓝白石膏做成，都是在菜农汉伦家买的。

我们住进桑迪街十九号。母亲和萝西、玛丽、安妮和宝

---

① 德·瓦莱拉（Éamon De Valera，1882—1975），爱尔兰共和国第一任总理和第三任总统。

宝莎拉住到楼上的一个房间。小凯文、布莱恩和尼尔住窗户朝院子里开的另外一间。申阿纳和我把床垫铺到了一楼客厅。我们在狭窄的楼梯上上蹿下跳，嬉笑追逐，占满空间。厨房的窗户少块玻璃，用了块木板代替。一切都潮潮的，墙纸剥落，烟囱也不通畅，但我们好歹有了个屋檐。

劳伦斯为我们在贝尔法斯特的第一晚准备了炖羊肉和卷心菜。以后他就得住到他的工场去了，但还是拿着我们这边的钥匙。在贝尔法斯特，门得锁着。我们坐在地上，床垫上，扶手椅和沙发上，膝盖托着餐盘。我很饿。舅舅用他的方式做餐前祷告。

“天父，请您赐福我们，让我们的餐盘永远盈满，让我们的水杯永不干涸，让我们的屋顶足够坚实，让我们在魔鬼得知我们死讯的半小时前就到达天堂。阿门。”

妈妈翻了个白眼。她不喜欢拿地狱开玩笑。我们在胸前画了十字。我立刻便喜欢这个男人。他切好面包，很公道地分给我们。

“快谢谢劳伦斯舅舅！”母亲收拾盘子的时候说。

“谢谢劳伦斯舅舅！”

他没回应。他罕得回应。有天小凯文问他他的嘴唇是不是粘住了。我想他是笑了。

申阿纳想出去，但妈妈让他待在房前。我和他一起去了。天气称得上温和，下着点微不足道的小雨。男人们倚着墙在说话，几乎满街都是。每次有人经过，其他人都跟他打招呼。他们只喊彼此的名不喊姓。就跟在我们村里一样。

我刚满十六岁。这天晚上，在一个还不属于我的爱尔兰度过的第一个晚上，我遇见了希拉·科斯泰洛。她十四岁，沿街从南往北的话，她是我们家左边邻居。她很高大，有一头黑色短发和像池塘一样绿的眼睛，还有属于她的微笑。她父母去酒吧的晚上，我姐姐玛丽会去照看她妹妹，换点钱。几天后我亲吻了希拉，在黑暗里，就在三声钟之后，那是个星期天。她稍微下蹲好让我们的嘴唇能碰到。她对我说接吻算不了什么，不得重来也别更进一步。然后她管我叫“*weeman*”，意为“小男人”。她就这样成了我妻子。

*

“你不知道我们在打仗吗？”那个英国人这么对我说过。

一九四一年四月十五日那个夜晚，我们见识了战争的模样。

我们刚睡下。我的眼皮底下有无数个希拉在闪烁。她觉得我的口音很“村”。我想努力模仿她的口音。我渐渐沉入夜梦，我的背靠着申阿纳的背，我推了推他冰凉的腿。一切突然颤抖起来。巨大的嘈杂声，钢板或铁皮爆裂的声音，低低地盘旋在房子上方。

“他妈的，飞机！”我哥哥说。

他起身看了看天花板，打开灯。警报嘶鸣。惊恐从楼梯奔涌而下。一群惊慌失措的人。妈妈面如土灰，宝宝莎拉大哭，我的姐妹们带着黑夜的脸。小凯文张大了嘴，尼尔的眼神如发了狂。劳伦斯舅舅进来让我们速速穿衣。第一颗炸弹把布莱尔击倒在地。仅仅是声音。我弟弟向后倒下，头往后仰，翻着白眼。劳伦斯把他抱起。他很快且很大声地讲话。他说我们没什么可怕的。德国人的飞机以前就来过，他们不会炸我们的街区，他们要炸的是市中心、码头、火车站兵营和富人，不会炸穷苦人。

“别炸穷人！别杀穷人！”妈妈一边往街上走一边祷告。

我们一个攥着另一个的衣角，又重组这条不幸的毛虫。劳伦斯走在最前头。一家家的人拥出，身后是敞开的门。恐惧使他们的眼神变得狰狞。接近午夜，满月高悬，明亮的天让城市一丝不挂。飞机就在那里，上上下下，无处不在，挟持着我们，轰鸣到了肠肚里。我们连看都不敢，低着头，生怕撞上它们的翅膀。城市在远处燃烧，我们的房子安然无恙。

“天父保佑我们！”妈妈在哭，脸颊贴着宝宝莎拉的脸。

街道尽头一声巨大的爆炸声，一束白烟将礼拜堂开膛破肚，我们本来正赶往那里避难。战争的声音。真正的，使人晕厥的。人群中刮起风暴，顿时混乱不堪，突然跌坐的、被抛出的、倒下的、乱七八糟叠成一堆的，沿着墙全是咆哮号啕。有些人吓傻了，目瞪口呆地站着如猝死般，有些软绵绵地倒下。

我们围成惊慌的圆圈，背对着危险。劳伦斯跪到了地上。妈妈和最小的在中间。申阿纳、萝西、玛丽、舅舅和我保护着他们。我们抱作一团，头挨着头，紧闭着眼睛。

“别看那些火光，会闪瞎眼睛的！”有个女人喊道。

我们嘴里重复着“万福玛利亚”，越来越快，嚼碎词语。

我们在忏悔。妈妈不再祈祷，她已经脱离了惯常的平和。她手腕上缠着念珠手链，朝玛利亚大吼大叫，好像面对的是死亡。她在火堆中央呼唤援助。

我们终究没能到达奥尼尔工场和它巨大的防空洞。我们就在原地待着，直到战争疲惫了，直到飞机飞走消失在黑色的山丘后。我们穿过瓦砾堆回到家。我们的街道完好无损。房子就在后面燃烧。整个城市的北边被碾碎了。

“这些新教徒真是活该！”有人望着约克街上空红黑的天空来了这么一句。

“你觉得油桶们有区别对待吗？”一位女邻居问道。

那家伙气急败坏地看着她。

“对英国佬不好的就是对咱好的！”

凌晨四点。到处散发出呛人的燃烧物和火的味道。妈妈在圣母的帮助下把小的们都安顿睡下了。她口中念念有词，低声地感谢她。我母亲的脸，上面挂着骇人的眼泪，沾满鼻涕和口水白沫，头发掉到了眼前。她在求圣母。她不能把我们一家弃之不顾，玛利亚。她得在这儿，一直。好吗？保证？答应我，玛利亚！答应我！

劳伦斯抱住他妹妹颤抖的肩，紧紧搂着她。

早晨，申阿纳、舅舅和我一起走在贝尔法斯特的大街上，我生平第一次。宁静坍塌成废墟，城市被翻了个底朝天。到处是玻璃、钢铁断裂、瓦砾掉落的声音。我们被各种杂物、砖堆和从房顶被薅下来的木头绊脚。大木桩将马路截断，横在电线杆子和有轨电车的电缆中间。四处漂浮着悲剧过后的尘埃。白色灰色的烟，瓦砾底下有火苗有一搭没一搭地烧着。炮弹在开阔地中央炸出了盛满泥浆的火山口。在我们面前，一辆汽车被道路吞噬。男人们在街上游荡，满手漆黑，满面烟炱，裤子和大衣上盖着一层灰。另一些人，一个个独自站在十字路口，一语不发，眼神破碎。鲜见女人。一匹马跌跌撞撞，一辆手拉车。居民们的自行车在被炸成碎片的马路牙子上有节奏地碰撞。一群手持铁锹的学生，在一栋没有门脸的房子前面。其中四个穿着校服，正在抬起一名伤员。

然后，我第一次见到了战争里的死人，离我就几米远。马路牙子上有一个担架，一只胳膊从毯子下掉出来。是一只女人的胳膊，上面还有紧贴着肉的睡衣。申阿纳拿手挡住我的眼睛，我挣脱了。

“让他看吧。”舅舅说了一句。

我一下子推开哥哥。我看着那个女人的胳膊，涂着指甲油的手，手肘到手腕的皮悬垂着，像一只被撕裂的衣袖。我们就从旁经过。她的脑袋在布下面呈现出头的形状，她的胸，然后就没了，毯子从腰以后就塌下去。没有腿。卖报人在街上卖《贝尔法斯特电讯报》。他高喊几百人死亡一千多人受伤。而我，我看到了一只胳膊。我没有哭。我像每个路过的人一样。食指和中指点在额头，点在胸口，左肩，右肩。以天父和其他所有人的名义。我决定不再当一个孩子。

珍妮山街上，一个男人坐在一把木头椅子上弹钢琴。乐器幸免于大火，被拉到了屋外，披着一层灰烬和残屑的外衣。几个小孩围了过来。还有他们的母亲。和几名士兵。我知道这首歌。我在爱尔兰广播中经常听到。《有罪》，是个爱情故事。

“我有罪，罪在爱你，罪在思念你……”

乐手做出各种怪相。秋波频频。他在模仿阿尔·波利，基利贝格斯的姑娘们最爱的歌手。

“可惜他不是爱尔兰人。”有天我母亲说。

“幸好他不是爱尔兰人。”父亲回应道。

然后他便去拧慕林吧台上的收音机按钮。那是他们之间的竞赛。他真该跟他比试歌喉。他拿他的石堆，英国人用他的蜜糖。

“阉人的声音。”帕特里克·密汉说。

他错了，他早知道。但本不应该有英国的东西冲击他的耳朵。不应该有命令，也不该有歌声。

四月十七日，在贝尔法斯特遭轰炸的两天之后，轮到了伦敦。阿尔·波利死在家中，被一颗“伞弹”的冲击波夺去生命。接下来那一周，他的歌在英国广播电台播出，像首丧曲。

克鲁姆林路一座被炸开的房子前，一群消防员被人群包围。他们脚上没穿防火鞋，外套被消防水枪浇得湿淋淋。

“那是爱尔兰来的爱尔兰人。”有个男人喊起来。

队长下达简短的命令。我立马认出了我的国家的声音。

我看到了都柏林消防队的卡车。是爱尔兰人。十三支消防队伍一早穿过了国境线。其中有些来自邓多克和德罗赫达。居民们给他们送来咖啡和面包。是爱尔兰人。我走近前去。我要让所有人知道他们是从爱尔兰来的而且我也是。一有路人过来我就向他们宣布这一重大消息。爱尔兰人来帮忙了。我想起国境线上那个士兵，有着金色的小胡子和两片薄嘴唇的那个。我在脑海中把那场景重演了一遍。

“你是来打油桶们的?”

“怎样!”

一位老妇人像个囚犯一样高举双臂冲过来。她把都柏林口音当成德国口音了。她的房子只剩一堆瓦砾，她从里面出来，有点失常的样子，浑身上下盖着一层灰和石膏碎末。人们指给她看爱尔兰的卡车，她一下坐到马路边上，连连摇头，确信是炸弹的冲击波把她抛到国家另一头去了。

聚集的人群拥到了马路上。士兵们将我们驱散。他们赶走了一名《贝尔法斯特电讯报》的记者，还没收了他的照片。劳伦斯给了我解释。爱尔兰是中立国家，爱尔兰人出现在交战国的一边，哪怕只是消防员，也会让爱尔兰政府难堪。我们的消防员当天又重新穿越国境线。

我们由悲转怒。我听着被剁碎的城市。只言片语。“我从来就不喜欢擦洗橱窗。现在我更有理由不去擦了，”一位商店主在破碎的店面上写着。在维多利亚街和安街的街角，一个男人站在一块空心砖上大喊北爱尔兰没有被保护。他说英格兰的任何城市都有掩蔽所，有对空防卫，有军队，有真正的消防员。

“你们知道我们有多少对空炮吗？你们知道吗？”男人喊道。

他在等人回答。但人们大多继续走他们的路，羞于听见这样的话。

“二十几台，在整个阿尔斯特[①]！多少防空洞？四个！只有四个，还得算上维多利亚街上的公厕！多少台探照灯？多少？啊？多少可以用来追捕飞机的光束？十几台！昨晚我们头顶有超过两百架轰炸机啊！弗里兹们最好的轰炸机，啊！容克斯，道尼尔[②]！咱们呢，咱们有啥？”

“垃圾天主教徒！”某个路过的家伙骂了一句，头也不回。

演说者朝他挥舞拳头。

“傻帽！我是忠诚的新教徒！跟你一样是英国人！科尔雷因的橙带党[③]成员！少来我面前得瑟！”

说完他从砖上下来，立起外套的领子，重新戴上软帽，嘴里又嘟囔了一句：“傻帽！”

一个新教徒。那是我生平第一回见到。

---

① 阿尔斯特（Ulster），爱尔兰四个历史省份之一，位于爱尔兰岛东北部。当中六郡目前组成了北爱尔兰，是英国的一部分，其余三郡属爱尔兰共和国，其中便包括基利贝格斯所在的当尼戈尔郡。

② 容克斯（Junkers）、道尼尔（Dornier），均指德军的系列飞机。

③ 北爱新教徒组织，成立于1795年，与天主教对立，反对爱尔兰独立。

三

基利贝格斯，二〇〇六年十二月二十日，星期天

我经常回基利贝格斯我父亲的房子里。直到今天，这里依然无水无电。我让这座农舍保持这个样子，保留它那一部分的痕迹和阴影：妈妈跪在壁炉前翻搅柴灰，父亲呢，坐在桌子前，拳头托着下巴，等待雨停止下。

希拉，我的妻子，从来都不喜欢跟我到这儿来。她说这是个墓穴。说我在帕特里克·密汉的屋檐下时他的不详之影会在我眼中飘过。我的兄弟姐妹们都没再回来过。美国，英格兰，澳大利亚，新西兰。他们都选择了远走他乡，除了宝宝莎拉。所以钥匙由我保管。就我一个。就像保护记忆的碎片一样。从六十年代起这里就是我的避难所。离开贝尔法斯特，离开城市、恐惧、英国人。穿越边境。重新找回我们旗帜上的爱尔兰。时不时的，待上几天或几周，打点井水，在黑漆漆的壁炉前哆嗦。到森林里走走，拣点柴火过夜。除了火堆的噼啪声没别的声响能惊动我。我重新给厚墙刷上石灰，修葺了板岩屋顶，砍掉了那棵生病的榆树，但留下了大松树。每一年，我都会回这里来自我治疗战争的伤。没人逼我，没人催我，不怀疑任何人。我处于退休的状态。一名修道院的僧侣，隐修者。

我经常回到我父亲这所房子里来，但是四天前，我是为了死才回来的。没有妻儿的陪伴。就我自己，从都柏林乘客车过来。两天后希拉来找我，停留了一小时。她给我带来一些粮食、啤酒、伏特加，还有申阿纳的板棍球球棍，然后她就回贝尔法斯特了。我不想让她留下来。太危险。杰克会在一月伊始来看我。

我拿黑铅笔在厨房墙上画了日历，就像我们在监狱里那样，为了不浪费时间。二〇〇六年十二月二十四日。一天画一道杠，一周画一只靴。头三天我成功坚持没出门。农舍变成我的狗窝。我从里头把门关好，拿块厚木板顶住门把手。希拉缝了密不透光的窗帘。夜晚点蜡烛之前，我都会仔细把窗帘都拉上。

我的妻子和儿子求我避开槖林。他们怕我送命。他们大概是对的。但是在我父亲的房子里关了三天禁闭之后，我放弃藏匿。

这天早晨，我去村里买了一个本子和几支圆珠笔。我要写东西。不是坦白，更不是解释，而是讲述，留下足迹。然后我走到港口，走到荒原，走到冬日的森林边缘。我只是个老男人，帽檐遮着眼睛，衣裳破烂不堪。没人会认出我是密汉，那个叛徒。连蒂米·高穆里也不会认出来。这个流氓从小就没离开过他那条街，他肯定会在某天踱着小碎步过街的时候死掉。

我用手机给希拉打电话。

“有人会认出你的。快回农舍去。”我妻子哀求着。

尽管情况如此这般，她一直还是想来这里和我一起生活。但我拒绝了。太冒险。贝尔法斯特令她窒息。于是她搬到了斯特拉班①一个朋友家里，离这里一小时车程。

“他们会来的。”她压低声音说。

他们当然会来。而且他们已经来了。我来这之后洗掉了用沥青涂在白石灰墙面上的“叛徒!”。然后呢？等在贝尔法斯特，等在这儿，躲在窗帘后面还是拿着酒杯等在酒吧里，有什么区别？他们迟早会来的，我知道。

我决定了。每天晚上，我都会穿过慕林那道门。喝我父亲喝的啤酒，占据他那张靠着赭石色墙的圆桌，就在飞镖游戏和男厕所中间。他的窗，他的门槛，他醉酒的台阶。今天，我的第一扎啤酒为他而饮。我闭着眼睛喝下去。然后我环顾酒吧。一切都变了，一切也都没变。它比我学生时代记忆中的要小。空气中没有了铜锈味。墙上原有的裱着玻璃的版画被海报所代替。人们讲话的声音温和许多，未闻笑声。但是桌子旁的地面上，那口人们拿泥煤喂饱的老火炉的印记清晰可见。木地板依然保留着旧日的脚步、打翻的啤酒和香烟的烧痕。我们的碎片四处隐隐闪烁。

---

① 斯特拉班（Strabane），北爱尔兰城市，接近北爱西部和爱尔兰接壤的国境线。

我自我感觉相当良好。我从口袋里掏出小球[①]，六十年前汤姆·威廉姆斯送我的那枚板棍球。那天晚上在大街上他把球朝我投来时，球还是白的，几乎全新。他只用过一次，在对阿马[②]队的友谊赛中。对方的队长时年十五岁。他和队友们直接踩平贝尔法斯特队。为了表示对失利一方的敬意，他们在小球上签了名，将它送给了汤姆。如今上面的名字都已模糊。球面呈现出淋了雨的板岩的颜色。外皮如鳞片剥落，缝线撕裂，皱巴巴的像老人皮。里头的软木心已经发黑，而且硬得像压缩的泥煤块。它甚至都已经不是圆球形，也不再光滑，不再是一只球。一只被剖开的西梅。一枚死囚的护身符。

我把本子放到了圆桌上。那是个小孩的笔记本，封皮是爱尔兰的绿色。翻开之前，我用手掌摩挲了老半天。我很犹豫。我想在封皮上写“蒂隆·密汉日记”，但又觉得太自命不凡。“忏悔”，也不是，我不喜欢。“揭秘”也不好。所以我什么也没写。我打开本子，用手腕捋平折页。

酒至第六扎，我在右边第一页上写了几行字：

“如今一切真相大白，他们必然要为我代言。爱尔兰共和军，英国人，我的家人，亲近的人，素未谋面的记者。有些人甚至敢向你们解释我为什么又是如何要走到背叛这一步。也许还会有关于我的书出版，想起来就

---

① 原文为爱尔兰语。
② 阿马（Armagh），北爱尔兰城市。

气人。切莫听信他们所言。不要相信我的敌人，更不要相信我的朋友。遇到声称认识过我的人，你们最好扭头就走。谁也不是我肚里的蛔虫，没有人。我今天之所以开口，是因为只有我才能说出真相。因为我希望，在我之后，是休止。”

我标上日期：基利贝格斯，二〇〇六年十二月二十四日。我署上名字。然后就走了。

我沿街北上，闯过村子的边界，回到又潮又黑的房子里，汤姆的小球贴在口袋中。我没有醉，我有些眩晕，放松，又担心。我刚着手写我的日记。

四

我们知道战争时期在贝尔法斯特北部生活会很艰难。一九四一年八月，先从砸向家门的几块石头开始。劳伦斯的作坊被涂上黑字“爱尔兰流氓”。九月的一个晚上，我们熄灭了投进客厅的一只燃烧瓶。往上一点，桑迪街，一家天主教徒决定前往共和国。还有住在米尔斯台地的两家人。每天晚上，新教徒们潜进我们街区，在墙上乱涂一通。“天主教叛徒们滚出！”，“天主教徒＝爱尔兰共和军”。劳伦斯床边一直放着根粗木棍。申阿纳也把板棍球棍塞到床垫底下。但是我们并未做好战斗的准备。

科斯泰洛一家圣诞节一过就搬到山毛榉丘去了。来回运了三趟。他们倒是不紧不慢。我第二次吻了希拉。那天夜里他们的房子被焚烧。

亲英派在清洗他们的街道。他们是参战的新教徒，英国人。我们是中立的天主教徒，爱尔兰人。不是懦夫就是间谍。他们说爱尔兰共和国的城市夜里都灯火通明，为的是给德国空军指明通往贝尔法斯特的道路。他们说在北爱尔兰，我们是第五纵队，是德国人入侵的主使者。我们被指控为德军的飞机和伞兵准备秘密降落地。我们是外国人，是敌人。我们若不愿重返国界线那一边那就在聚居区挤着吧。

但劳伦斯拒绝离开。一九二三年，他的父母坚持下来了，尽管周围人去楼空留下失明窗户的房子越来越多。那天晚上，妈妈的哥哥讲的不仅是道理。他说在爱尔兰，从都柏林到贝尔法斯特，从基利贝格斯到桑迪街十九号，到处都是我们的家。他说那帮人才是外国人。新教徒，联合派，这些移民的后代，靠着克伦威尔剑占了我们的房屋和土地。他说我们拥有和他们同样的权利和尊重。他说这事关乎尊严。我信他的话。我在里面听到了我的父亲。我在舅舅的愤怒中爱我的父亲。劳伦斯·芬尼根，就是去掉酒精和拳头的帕特里克·密汉。

舅舅已经有十年不喝酒了。一天晚上，在从德里①回来的路上，他开的车翻了，先撞桩子再撞树，然后滚进一条沟里。希尔达和他刚看完医生。他妻子的检查结果很不好。他们不会有孩子了，永远。每天早晨、夜晚，生活里的每一天，都只会有她和他，直到他们中的一个离开，另一个跟上。回程中他们喝了酒，为了忘记。他们敞着车窗大喊大叫和英国佬说永别。共和国万岁！终于回到自己的国家啦！然后他就失控了。翻车。劳伦斯活了下来。希尔达死了。从那以后，舅舅就用沉默代替了酒精。

*

一九四二年一月四日，新教徒冲进桑迪街时我们正在做

---

① 德里（Derry），也称伦敦德里，北爱尔兰西北部城市，离爱尔兰国境线很近。

晚祷。他们用斧子砍破我们的家门，将火把扔到门厅。劳伦斯把沙发反扣过来掩护我们，女孩们尖叫着从二楼下来。妈妈抓着宝宝莎拉的一条腿，她头朝下悬着。申阿纳手里拿着他的板棍球棍，舅舅大喊让他别动，什么也别干，快和我们一起在立绒靠垫后躲着。

“明天，你们得腾出这个地方！”一个男人喊道。

我没看见他。我没看见任何人。我的脑袋夹在膝盖间，双眼紧闭。我的姐妹、兄弟、母亲在我旁边，坐在地上，胳膊抱着腿。他们进来了。砸烂了窗户，撕烂了保护我们免受德国炮弹伤害的纸质小格窗，敲碎了那只戈尔韦大汤碗，撕掉了教宗庇护十二世的照片。他们损毁一切，践踏所有。他们避开我们上了楼，在我们的简陋住所里左冲右突。我们十一个人，一个挨着一个，躲在一只反扣的沙发和墙之间。也就是说，赤裸裸，完全暴露且手无寸铁。他们本可以杀掉我们，但他们没这么做。他们跨过我们头顶，将我们忽略。他们不张口，一语不发地将我们所有家当砸烂。只有脚步声和喘息声。他们甚至将宝宝莎拉的娃娃多迪顿姆的脑袋揪了下来。一通打砸烧之后，他们便离开了。

“明天！”那个声音又吼一遍。

申阿纳第一个冲了出去，他手里握着球棍，眼含泪水。他是密汉家最年长的那个，是家庭的首领，他没有完成他的职责。只有他能替代父亲，他没那样做。他在空荡荡的街上朝流氓们大声喊叫，手里的木棍派不上用场。劳伦斯把一桶桶水往正在舔蚀客厅窗帘的火苗上浇。女孩儿们房间里的火在低沉地吼叫着。我们没有选择。是时候了。我们已经坚持到了这里，比别人多了几天，几个月。我们的邻居，大部分早已放弃。我们几乎是这里最后的居住者。我看到舅舅抓着申阿纳的脖子把他领回到我们充满敌意的房子里。对他说现在要做的，是把能抢救的东西都抢救出来。还说他，申阿纳，他也保护了我们。说保护好过杀戮。说我们所有人都欠他一条命。我记得我哥哥脸上的表情。他看着舅舅，努力地理解他刚听到的话，然后冲上二楼从火堆里抢衣服。

晚些时候，房顶也着了火的时候，申阿纳拎着最后几个包到了街上。安妮、小凯文和布莱恩慢慢围住他。我哥哥蹲下来，把他们抱住，围在一起，一群吓坏了的孩子对他说我爱你。

*

劳伦斯的卡车停在多尔普尔巷，居民们纷纷出来和我们碰面。

“桑迪街来的!”有个男孩喊道。

那是一月六日凌晨四点。所有的门几乎同时打开，就好像整个街区在等着我们。女人们在睡衣外套着大衣。男人们放下卡车后面的护栏板，卸下我们所剩的家当。我们抢救出来两张床垫、四把椅子、厨房的桌子和一些衣物。

我头上顶着一张床垫。它一会儿往前折一会儿往后折，随着我脚步的节奏遮挡我的视线。布莱恩、尼尔和申阿纳搬桌子。萝西、玛丽和安妮负责运衣物。小凯文拖着一把椅子走在街上。妈妈有宝宝莎拉这个重负，还有我们的石膏圣母像，她把它挨着孩子紧紧抱着。一个女人用一条毯子裹住她们仨。

二十来个男孩推着板车朝我们奔过来。他们把包、桌子、椅子摞到板车上。一个年轻人向他们下达简短的命令。他们管他叫汤姆。我联想到调兵遣将的军官。

"需要帮助吗？"

我看着汤姆，没作声。他棕发，高个，没比我大多少。他抬起我脑袋上的床垫，我们一起扛到了门牌十七号，那里有一扇红黑的门为我们敞开。

舅舅整个人都瘫了。我从来没见过他这个样子。他倚着橘色的路灯，呆呆地望着马路牙子上自己的影子，看起来似乎对周遭一切置若罔闻。几个男人围在他身边，其中一个用手按着他的肩。劳伦斯把我们从火堆中救了出来。现在我们得以落脚，他才喘了口气。他又冷又怕，一身的烟灰和炭黑，就像刚干完活回来，刚和烟囱斗争了一番。他一个人在战斗。结果是他失去了一切。

汤姆把床垫搁到房间一角。他一个人扛着，我只是跟着他。我看着我们新的街道和邻居们的面孔，还有各家各户窗前摆着的圣母像，叫人安心。

"不太大，但也能让你们歇一歇。"汤姆说。

男孩双手捏成拳头支在腰间，他一眼四下望遍，好像在监督街上动静。

“我们在这儿就什么都不怕了吧，是不？”我母亲问。

他笑了。在这儿？什么事都落不到我们头上来。我们在自己家里，在聚居区的中心。人多势众和愤怒保护着我们。

“还有爱尔兰共和军。”我们的房东又笑了。

爱尔兰共和军。我颤抖了。劳伦斯注意到我的反应。他做了个耸肩的动作，然后让我别光站在那晾胳膊过去帮他搬桌子。

爱尔兰共和军。不再是用仇恨的颜料涂在墙上的、晕开了的黑色字母。不再是广播中听到的谴责。不再是畏惧和辱骂，不再是魔鬼的别名。而是希望和承诺。是我父亲的血肉，是他的一生、他的记忆和他的传奇。是他的痛处和失败，是我们国家战败的军队。我从来没从别人的嘴里听见这三个字母。而眼下一个和我年纪相仿的小伙竟敢当街笑着说出来。

爱尔兰共和军。突然间我觉得它无处不在。在这位叼着烟斗铺床的男人身上。在这些披着披肩、默默站在我们周围的女人身上。还有那位蹲在马路牙子上的老者，他正在修理我们的油灯。我在这群过来帮手的男孩身上看到它。我在每扇窗、每幅为了瞒过飞机而低垂的窗帘后面看到它。我在弥漫着泥煤味的厚重的空气里看到它。在正在到来的白天里看到它。我在自己身上感到它的存在。我，蒂隆·密汉，十六岁，帕特里克和爱尔兰大地的儿子。悲惨逼我离开我的村庄，敌人将我从我的街道驱逐。爱尔兰共和军，就是我。

我朝汤姆伸出手，像两个男人做成交易一样。他看看手，又看看我，犹豫了片刻。然后他又笑了。他的手掌冰凉，手指有力。

“蒂隆·密汉，”我说。

我们站在路中央。我真想看看那一刻的自己。我确信这只伸出去的手是我成为男子汉的第一个动作。

“汤姆·威廉姆斯，”汤姆说。

他看看我，又补充道：“爱尔兰共和军贝尔法斯特纵队二营C连中尉托马斯·约瑟夫·威廉姆斯。”

他看着我瞪圆了的眼睛大笑。

“我十九岁。叫我汤姆就好了。”

*

一九四二年一月十日，我们到达多尔普尔巷四天之后，我加入了爱尔兰共和军。好吧，不是爱尔兰共和军，不完全是。这一片压根还没人认识我们。被亲英派赶出来并不足以建立信任。像在我之前的汤姆，像爱尔兰共和军的许多志愿者，我首先加入“费奥纳勇士团”(Na Fianna hÉireann)，共和国的童子军。勇士团自一九三九年之后日渐势微，在共和国和北爱尔兰均被禁止，国界线的里外都是被追捕拘禁的命运。品尝过英国监狱的那些人说爱尔兰的牢房也没差到哪里去。

每个共和派的街区都有自己的青年组织。爱尔兰共和军被分为旅和营，我们以协会[①]的形式集合。

---

① 原文为爱尔兰语。

我们在凯恩街的据点狭小阴暗。一张桌子，几把椅子，还有一个拳击台。更像是个体育活动室，而不是共和军的司令部。我大部分时间在围绳间度过，拳头举在眼睛前方。我们要学会毫不犹豫地猛击，不动声色地挨拳。我们的头儿叫达尼埃尔（“达尼”）· 芬利，一个无感情、没热情、从来不多说半句话的家伙。他和我一般年纪。他们一家在他的双胞胎弟弟迪克兰被群殴之后逃离了肖特斯川一带。迪克兰从中学放学回家，身穿天主教校服，系着绿底赭纹的领带，佩戴着圣孔加[①]徽章。马路牙子上全是砾石。他犹豫了一下，穿过街道，跨过了两个群体的隐形分界线。他在对面走着，那是属于新教徒的马路牙子。他没想招谁惹谁，只是为了避开坍塌的墙绕了个弯。

一辆运木材的卡车经过。成摞的木板上有十来个穿着蓝色西服的新教徒中学生。其中一个喊道：“嘿！他妈的有个泰格！”

泰格。狗屎天主教徒。天主教贱货。那是穿短裤的亲英份子们口中最钟爱的辱骂。迪克兰往街对面跑，磕到了马路沿，大叫着摔到了路上。蓝衣们冲了过来。迪克兰侧身躺在地上，闭着眼睛，双拳抱头，膝盖缩到胸前，他在尽量保护自己。像个娘胎里的婴儿。膝盖、拳头朝他砸下来。一个年轻人双脚并拢跳到他脑袋上。另外一个朝他胸口投去一块水

① 圣孔加（St. Comgall），爱尔兰天主教圣徒，现在北爱尔兰境内的班戈修道院的创立者和院长。

泥块。然后他们就跑掉了，在十字路口重新追上卡车，跳到木板堆上唱着：“我们的地盘！我们的地盘！这里是我们的地盘！”

一个男人战战兢兢地打开门，另外一些朝受害者走近。一个女人拿着一杯水出来。都是天主教徒，都是街这边的。街那边，大人们看着。

迪克兰·芬利死了。他的脸被踩烂，他的双拳紧握。急救人员到的时候，男孩的血已经变成棕色，黏稠的，和尘土混在一起。一位老者拄着拐杖蹲下身去，把右手浸到那摊血中，然后高扬着手掌穿过街道。对面的马路牙子上一百来个沉默的人往后退去。民族派老者把血仔细涂到他们的马路牙子上。有个男人想上前，另外两个把他拉住。老者背对着他们离开。

护士们将迪克兰抬到救护车上。对面，一群男孩清理完烈士的血，在沥青地面上刮鞋底。

那是战争前夕。芬利一家离开那个聚居点逃到了贝尔法斯特西边。像许多人一样。而且越来越多。数百天主教徒们从城市的北边和东边纷纷赶来，挤在砖砌的地下墓穴里。

我敬重达尼埃尔，但他让我害怕。打拳击时，他出拳迅猛。有天他的鼻子被打得汩汩往外流血。他摘下手套，双手捧着脸擦，然后涂了打他那家伙满脸血。满手黏糊糊的血径直朝那人惊恐的眼神而去。我庆幸自己跟他在同一阵营，爱尔兰共和国的阵营，詹姆斯·康诺利的阵营，汤姆·威廉姆斯的阵营，我父亲的阵营。我打心眼里同情和我们唱对台戏的那些家伙。

*

一九四二年二月的一个周六，我第一次参加军事行动。几个月来，北区指挥部成功收集了共和国境内所有自独立战争以后藏匿的可用武器。志愿者们在夜间越过国境线，将武器运给贝尔法斯特的四个营。我们那时候还是孩子，对这个举国上下的搬迁之举所知甚少。直到二战我们才了解到当时私运武器行动的规模之大。在共和国军军事委员会的指挥下，将近十二吨武器、弹药和炸药实现跨国迁移，不管是通过徒步、卡车、板车还是在女人、男人的背上被运过来，都没有叫英国和爱尔兰的军队发觉。

这天晚上，汤姆·威廉姆斯来司令部找两名勇士。

“会吹口哨么，蒂隆？”

我回答是的，当然，生来就会。

“吹吹。”

我把两个食指放到嘴唇前。

我父亲非常喜欢我的口哨，母亲则很厌恶。在基利贝格斯，那是密汉帮猛袭蒂米·高穆里一伙的信号。多诺格神父说只有魔鬼的叫声才能如此刺耳。

我吹了声哨。

汤姆没有露出吃惊的神色。他只是点点头。

“有危险的时候，我要都柏林都能听见你的哨声。”

达尼埃尔吹哨不用手指。他窝起上唇，用舌头顶住牙齿。

“达尼和蒂隆，”中尉威廉姆斯一边往门口走一边命令道。

我和他背上分别被拍了十几下。其他男孩们很为我们高兴，兴许，还有骄傲。

街上，一位妇女和一个姑娘在等我们出来。我认识那位妇女，她是爱尔兰共和军妇女联队的战士。年轻的那个是女童子军成员。汤姆走在前面，我们一言不发跟着他。街上五条人影。

“蒂隆。”

头儿低声叫了我的名字，然后不带停顿地用下巴给我指了奥尼尔街和科罗纳德街街角的方向，同时丢给我一个白底黑边的小球。我单手接住。想都没想。一枚阿马队签了名的板棍球。为什么？让我显得有风度？不许提问，没有疑虑，要么一个眼色就心知肚明，要么就留在屋里。我做出我的判断，将小球朝墙上扔去又等它弹回我手里，像个百无聊赖的男孩会做的那样。

汤姆继续走他的路。

“达尼。”

达尼·芬利在我对面、街道另一边站岗，视线投向奥迪萨街。有辆自行车靠在墙上等着他，车轮朝上，链条掉落。我的战友蹲下去做出摆出修车的架势。年轻姑娘和她的军官一起走到多秋路拐角，然后便停在那里，在门廊下，像一位母亲和她的女儿。

一切发生得太快了。达尼弓着身子趴在自行车上，街上空无一人。两辆汽车停下。八个男人从里面跑出来，两个胳膊抱着重物。是爱尔兰共和军。四人拐进奥迪赛街，另外几个从我面前跑过。

“嗨，蒂隆。”有人对我轻轻喊了一声。

我没认出他来，我甚至没有看。我留意的是我负责的爱尔兰一角，我的砖墙街和小战士的豆腐块。我只瞥见枪筒上的钢，被从没拉严实的窗帘后透出的光划到。是步枪。打仗用的步枪。共和国的武器。我从来没见过武器上的金属，也没想象过枪托的木头会是什么样，而它们就这样从我身边经过，触手可及，一批一批，裹在灰色的罩布里。

有些门开了。那几个人进到人们的住所里，后院里，或者促狭的花园中。车开走。汤姆一个人回来。他从我面前经过，他的脸，他低垂的眼睛，他匆匆的背影。他用口哨在吹《上帝拯救爱尔兰》[①]！边吹边朝科罗纳德街走去。我心里几近失望。我本想他至少会眨下眼睛或说点什么。对面的达尼埃尔放好自行车，然后也离开了。他已经是第十一回当哨兵了，他很清楚这一切如何结束。

“你可以叫我达尼，”芬利对我说，连看都不看我一眼。

于是我也离开我的墙。我把小球放进口袋里，往多尔普尔巷走。我走得不一样了。我变成另外一个人。迎面走来母

① 一首爱尔兰反叛歌曲，1870 年至 1910 年间爱尔兰民族派曾将其视为国歌。

女二人，年轻女孩把瓦斯面罩斜挎着背，像背着个时尚背包。她们没注意到我。我可是个“费奥纳勇士”，爱尔兰的军人。爱尔兰共和军的士兵，几乎。再过几天我将满十七岁，我将加入汤姆·威廉姆斯和其他人的队伍。寒冷的夜里背着军备在街上跑的会是我。和穿着短裤的非正式小兵擦肩而过让他目瞪口呆的会是我。低声喊他名字的会是我。在他眼前消失于黑暗中的会是我。会是我，蒂隆·密汉。我也会用口哨吹《上帝拯救爱尔兰》!

*

现在，我要么坐在地上，要么背靠围绳，在学习。我离开天主教学校，接受共和运动的教育。老师们从一个协会到另一个协会给勇士们上课。关于我们国家的历史，我得从头学起。我对我们正在进行的战斗的所知仅限于我父亲的举动和他在酒精里跌跌撞撞的那几个词句。我倒也知道几个重要日子和响亮名字，但我并不明白个中意义。我的信条很幼稚：“英国人滚出”(Brits out！)。父亲给我留下了这点坚定信念作遗产，没有其他。

这一天，我们的小组产生分裂，气氛有些紧张。一个小时了，女老师在解释我们的党、我们的军队、我们的人民如何与这场正在把欧洲搅得一团糟的战争没有干系。但是，也许，我们能从中赢得点什么。在临时用板岩碎片粘在木板上制成的临时黑板上，她写了工联主义者、爱尔兰战士和烈士詹姆斯·康诺利在一九一六年说的那句话。“我们既不为英国国王也不为德国皇帝效力，我们只效力于爱尔兰！”复活节那天，英国人正在索姆河的战壕里和美国人、法国人并肩作战，北爱尔兰的新教徒们也加入国王的军队，大批大批在第一线被炸成肉泥，爱尔兰共和军在都柏林市中心起义。少数勇敢者操起了武器。“叛徒！你们这是背后捅刀！”英国人嚷道。

“背叛？背叛谁？背叛什么？”老师接着解释。

我们并没有和英国人联合，但是我们的地盘被他们的战士占领，我们的人被他们的警察虐待，被他们的法庭投进监狱。战争使他们变弱，也让我们变强。

我们听着。起义者占领都柏林中心邮局，在邮局门口台阶上发表的独立宣言，残酷的镇压，起义粉碎，行刑杆前我们的首领一个接一个。这个血淋淋的失败并非真的失败。没被完全扑灭的星星之火将燃遍整个国家。

我们可以提问。达尼·芬利举起手指。他问一九一六年和一九四二年有没有区别，帝国主义屠杀和世界大战、德国皇帝威廉二世和阿道夫·希特勒有没有区别。他问爱尔兰共和军是不是应该像整个爱尔兰一样，保持中立。我记得这一刻。我们二十来个人在凯恩街的活动室。

“芬利，你想给爱尔兰共和军上课吗？”一位费奥纳问。

然后所有人开始同时发言。我们要做的不是批评而是服从。军委会、北方指挥部和党中央，所有这些人，他们知道什么是对爱尔兰有利的。我拿出汤姆的小球在手中玩转。达尼没有让步的意思。

“如果，爱尔兰共和军的战士误杀了美国兵，会发生什么？你们能告诉我会发生什么吗？”

“为什么爱尔兰共和军会去杀美国人？”

“因为他们人很多，到处都是，在城市里，在乡下。你们能想象吗？一个共和军战士瞄错了对象？一个志愿军以为瞄准的是个英国战士，结果打下的却是一个给小孩发巧克力和饼干的美国佬？”

“你电影看多了，达尼！”

我举起手，我挺达尼。

“我父亲是社会主义者和共和派，他想去西班牙打弗朗哥军。今天，弗朗哥和希特勒手拉手，我们呢，我们在哪儿？”

“你知道那时候谁是国际纵队里康诺利支队的头儿吗？”老师问我。

当然，我知道。父亲从来没见过他，但他很长一段时间里都把他当做未来领导来说。

“我们要和弗朗克·雷恩一起，打倒爱尔兰法西斯，这帮蓝衫军，所有这些英国人的臭大粪！”我父亲是这么说的。

对他而言，“英国人”是混蛋的代言词。街上，酒吧里，找他茬的那个人肯定是英国人。

“弗朗克·雷恩，”我回答。

“你知道弗朗克·雷恩如今在哪儿吗？”

不。我不知道。被关在西班牙或者死掉了，十有八九。

“在柏林，”老师说。

我惊呆了。他，社会主义者，国际主义者，红色工人运动领袖，在柏林？

我目瞪口呆。

“英国的危机是爱尔兰的机会，”我们的老师又说。

我们还是孩子。我看着朋友们的脸。我们想为国家的自由而战，为光耀它的记忆、保留它无可比拟的美丽而战。协约是什么，盟友是谁，并不重要。每个人都做好了为其他人死的准备。死，真正的。我们中间的一些人将信守诺言。

我再也没有问问题。达尼也把问题留给他自己。

他和我，我们将和英国人作战，像我们的父亲那样。像我们的祖父那样。提出问题，就已经是放下武器。

一九四二年二月底，爱尔兰共和军的某个人将手枪托付给我。我的第一把手枪。

汤姆·威廉姆斯将我们排布在整个街区。女孩头上戴着绿色发结，男孩围着克里夫顿维尔足球队的红白围巾，是为识认暗号。那是周中的一天，孤单球场关着门。

“小伙子们，今天没比赛啊！”人们笑着看着我们一脸严肃地在马路边上走。

共和军的战士们随时会出现。我们守在各十字路口，等着他们。我就在这个门廊下，背靠着一座房子的墙。爱尔兰共和军那人出现时，我吓了一跳。他在奔跑，一只手掩在大衣下，领带甩到肩上。他递给我一把左轮手枪。他刚把子弹送进一个士兵脖子里。我两手接过武器，把它藏到裤子底下，卡在腰带的地方。我穿过街，整个身子在颤抖。几米后，一位妇女走到我面前。我不认识她。她的柳条筐里装着一只足球。她把球递给我，没说话，然后牵起我的手。我有些难为情。我，十六岁的费奥纳，正在执行任务，竟像个小孩一样被这位母亲领着。

“有人会来领你们。跟着那人走就好。”汤姆这么说过。

装甲车包围了街区。路障处，警察在搜身，人们抬起胳膊。一个军人示意让我们上前，她拎着篮子，我抱着足球。女人在军人面前将我一顿数落。她的声音很尖，语气暴躁，听着很不舒服。她每天都在诅咒老天把这么个白痴弄到这世上。英国人犹豫了一下。他朝我投来抱歉的眼神，会心又带着好意。两个不幸的孩子用一个动作达成共鸣。他示意让我们走。我还他以微笑。不是为躲开他而笑，而是为了感谢他。

这个人性的证据久久追随着我，困扰着我。战盔下，不可能有人，只能有野蛮分子。若往相反的方向想，就是软弱和背叛。父亲是这么教我的。汤姆也是这么反复向我强调的。我走得更快，手牵着这位妇女的手，她是我战场上的母亲，

我是她战地的孩子。关于这次交锋我什么也没说，一直没说，没描述过那个眼神，也没招认我的微笑。

我们进了当尼戈尔，福尔斯街上的一家酒吧。里头挤得满满当当。老板一看到我们，马上打开通往院子的保险门，那里有两个男人坐在啤酒桶上等着我们。我垂着两条胳膊。其中一人掀开了我的大衣。当他看到枪托时，脸一下变得煞白。

“王八蛋！”他低声骂着，一边小心翼翼地取出枪。

另外那人一个劲摇头。

“我干什么了？”

第一个人看了我一眼，好像突然意识到我的存在。

“谁？你，费奥纳？”

“没事，好家伙，你干得很完美。”另外一个答道。

然后他转过身把弄武器。

我回到街上，裸着肚子，没了皮肤和衬衫之间那个致命重物。我把牙咬得嘎嘎响。我来得及看到那把左轮手枪的模样。它的击锤向后扳着，随时可以射击，爱尔兰共和军的人就那样把它交给了我。我没留意，接过来便揣到裤子里，像揣一本要带给哥们儿看的色情杂志。我的手指碰到扳机护圈，滑过扳机。只需一点点压力，子弹便会冲出。我就这样，枪筒压在老二上，走了十五分钟多。死神不怀好意地游荡过，但又放弃。我应该是把它逗笑了。

五

基利贝格斯，二〇〇六年十二月二十五日

这天早晨，两名爱尔兰警察来找我。他们有些尴尬。我还醉着。我让他们进来喝杯伏特加或是圣诞茶。他们拒绝了。他们的车停在路上，就在森林边缘。

“你就是蒂隆·密汉？”年轻的那个问。

我说是。

儿时的某场病让他脸色发黑。他从制服上掏出个笔记本。另外那位通过我身后敞开的门观察我的住处。四壁空空的大屋子，没有水的洗涤槽，杂乱的桌上放着煤气灯、蜡烛，壁炉里的火，硬土地面。

“回国了？”年长的那个问着，一边在我眼睛里搜寻着什么。

我点点头。我身上单穿着一件毛衣，双手插兜，眼睛望向地面。

“您打算留下？”

“我会留下。”

除了这几个词，警察还写了别的，好像在记他的印象。

“您一个人住在这里？”

同样的点头动作。不然答什么？他们知道答案，和所有

一切。打第一天起，爱尔兰和平卫队就在马路上来来去去，观察我的隐居生活。他们见过希拉给我送生活物资和啤酒。昨天我从酒吧出来时甚至被拍了照。我心想他们什么时候能鼓起勇气踏上土路来敲我的门。现在他们就在我面前，我很失望。年轻的那个避免和我有目光接触，写啊写的写个没完。另外那个在数我额头上的皱纹。

我从兜里掏出小球。得给我的手找点事做。

“您……有什么防备措施吗？”

那小孩就这么把问题问出来了，完了一个劲咬嘴唇。我笑而不语。

“这是个问题，密汉先生。”另一个补充道。

“你们担心回头多了具尸体不好办是吗？”

年轻人想反驳。年纪大的说是。就是这样，完全正确。他解释说村子里开始风言风语。人们认出我来了。先是杂货铺老板，再是邮局那家伙。慕林酒吧的老板寻思着是不是该将我拒之门外。没有人论是非，在警察看来。没人来谴责我，甚至没人批评我。他们只是替自己感到害怕。

“基利贝格斯是个平静的村庄，密汉。您明白吗？他们不想让自己腹背受敌。”

密汉。没有蒂隆，没有先生，只有我的姓。

我浑身肌肉绷紧，开始颤抖。皮质的球砸到地上。年轻的警察把它捡起来，递给我。

自十二月十六日以来，这是头一次有人只喊我的姓。那天夜里我被爱尔兰共和军逮捕并秘密押送到共和国接受审问。车程中，我先是担心他们把我处决。国境线后某处的一条土路上，某个垃圾场。他们经常这么干。我也干过。两个膝盖各一颗子弹，脖子后面再来一颗。

车队包括两辆车。第一辆里坐的是党部的两位负责人，一个是贝尔法斯特大队的成员，还有麦克·奥多勒，格罗尼娅[①]之子，一个勇敢的家伙，四十年前我看着他出生，后来我又成了他女儿的教父。我坐第二辆车，在后座，挤在皮特·布雷德利和自以为是军人的十八岁小伙欧仁·芬尼根中间。从贝尔法斯特到都柏林郊区，“杀手彼得”一直把一只手放在我的左膝上。“小熊”欧仁一路瞌睡。我经常在共和军的俱乐部里看到他。看他在我们的街上放风，在纪念活动中游行。这是个熟悉又友好的形象。某个复活节，他和贝尔法斯特大队第二营一起列队操演，我给他纠正姿势。他穿着爱尔兰共和军的绿色制服，戴着贝雷帽、太阳镜、肩带和白手套。虽然蒙了面，还是被我认出来。我叫他“小熊”，像父亲跟儿子说悄悄话那样。他垂下视线，因为突然被认出而略显窘迫。那时候他是战士，我是他的头儿。许多年过后，在这个十二月的夜晚，这辆车里，我成了叛徒，他还是兵，他依然喊我的名字。他是我和生者最后一丝纤细的纽带。

我的看守者没有武装。停战协议保护着我。在这之前许

---

① 爱尔兰神话传说中的公主，费奥纳勇士团领袖芬恩·麦克库尔的美丽未婚妻，与芬恩手下名将迪尔梅德·奥·德利安私奔并育有四子。

多年，我曾经押送一名告密者去接受审问。我们一共五个人，穿着带反光灰道道的黄色安全服，挤在一辆伪装成道路养护车的小卡车里，橙色旋闪灯和一堆施工示意牌叠放在车顶架上。人们只看得到我们，于是不会注意。路上我们遇到两辆装甲车和不少皇家警察的路虎，通过路障时挥手致意。叛徒躺在车底，盖着一块工地上用的篷布，蒙着眼睛，背捆着手，身上是我们的脚。我猫着腰，左轮手枪的枪筒戳进绿色帆布中，这样的姿势保持了不知多少公里。另一辆车开路。我们靠无线电联系。到达边境，南阿马一支小分队在那等着我们。天色已黑。那家伙被三个人带走。他叫弗雷迪，十九岁。我在报纸上读到的，警察发现了他的尸体。

到达都柏林，欧仁问我要不要水。

“这个人不渴，”开车的人答道。

“但是蒂隆跟我说他……”

“蒂隆已经死了，”那人回答。

小熊盖上瓶盖。我的手还伸着。爱尔兰拒绝给我它的水。我非法呼吸着它的空气。爱尔兰于我，已经什么不剩。

党部把我拉上一个新闻发布会之后，将我交还给共和军。审问过程中我未被捆绑，也没被蒙眼。我可以面对面看着他们。他们依旧没有武装，脸也没有遮掩。我知道他们不会处决我，但我还是得一遍遍跟自己重复。在我面前，有麦克·奥多勒，这会儿他以法官自居。他身边还有另外一人，在桌子后面，比他年纪大，带都柏林口音。麦克叫我“蒂隆”。另外那个，只说“密汉”。这一刻我才明白过来。继失去我的国家之后，我失去了名字，兄弟情谊的身份识别。我孑然一身。

“密汉，你给了敌人哪些情报？”陌生人问我。

摄像头在我身上搜寻。我决定不回答。不会再说一个字。

那个爱尔兰老警察就是这样跟我说话的。冰冷，跟爱尔兰共和军的人一样。我的名还在年轻人的唇上羞涩地徘徊。我的姓已经从另一个的嘴里迸出。我不再属于这片土地，也不属于这个村庄。帕特里克·密汉给基利贝格斯贡献了个叛徒。怪物父亲之后，是卑劣的儿子。我们是个遭诅咒的家族。死神朝我走来的时候，这个老警察会闭上双眼，会在森林中给他带路，为他打开我的家门，下巴一指，告诉他，那就是我。我让他恶心。他知道我知道我让他恶心。我的沉默说明一切。年轻人又问了几个不痛不痒的问题，老头的视线一直没有离开我的眼睛。他在听我的眼睛，而不是我的回答。

“您叫什么名？”

我就这么问了。我的恐惧在他的轻蔑中滋生。

“申阿纳，”警察温和地回答。

“我哥哥也叫这个名字。”

他露出微笑。很真的微笑，很动人。

然后他递给我一张折起的纸。

“打这个电话，随时可以找到我们。”

天翻地覆的转变。他换了一个面孔，他的额头写满担忧。他仅仅是为我担心。一位勇敢的和平卫士，一名乡村警察，心无诡计，没有反感，只是急着想回到家人身边。我弄错了。听过太多谎言，我已经不会读人心。

“留意点，蒂隆，”申阿纳说。

周围一切天旋地转。我下巴动了一下，什么也没发生。只有一片树叶在枝末颤动。

我回了屋。锁上门。抬上门闩。习惯性动作。火几近熄灭。我给自己倒了一大杯伏特加。日影在窗帘之外拉伸。不知道为什么，我看着我的手。它们饱经生活的沧桑。开裂，变形，粗糙，僵硬。我顿时对时间产生恐惧。

“这样的手指应该用来拿枪，而不是拿小提琴！”

我笑了。我想起安托万，三十年前我在贝尔法斯特遇到的一位造弦乐器的巴黎人。我想起这个不爱说话的法国人，有天突然宣称自己是爱尔兰共和派。他和我们想一样的事情，过一样的生活，穿一样的衣服，为在我们的尊严和勇气中间找到自己的位置而斗争。

星期六，希拉告诉我他来过电话。他问能不能和我见面。这个小法国人想干什么？对我评头论足？试图理解我？还是想说我的背叛里也有他的一份？

六

基利贝格斯，二〇〇六年十二月二十六日，星期二

慕林的老板从来没给过我好脸色看。自从警察来过以后，他更是对我充满敌意。昨天，在我走后，他把我父亲的圆桌挪走，用衣帽架取而代之。这天晚上，我走进酒吧，里头人很多，脑袋齐刷刷转向我，肃静。吧台后，服务生嫌恶地撇着嘴。他交叉的双臂在说这地方我最好别再来。问题关乎存亡。这个阴暗酸腐的小教堂是帕特里克·密汉朝圣之路的最后一站，是他生前最后的巢穴。他正是从这里出发去往冬天的死亡。如果大海把他带走了，这个地方本该是他的坟墓。我不能让这些人亵渎这里。

我径直穿过酒吧，不接触任何目光。我脱下雨衣，挂到衣帽架上，然后把它拖到大厅另一头它原来的位置上，S形的衣架腿刮着油腻腻的地面。我用密汉的胳膊抬起父亲的桌子，和父亲的胳膊一样的胳膊，有拳头的胳膊。我抓起摞在门边的一堆椅子中的一把，没有搬，同样用拖的方式，慢慢地。我把椅背靠墙，从我儿时起它就是那样。我拿出手机充电。电在哪里，我就从哪里取。接着我走到吧台。两杯吉尼斯。一齐上。一个字没说，我只是用食指敲了两下啤酒龙头。服务员一个动作询问老板。老板耸了耸肩，然后就消失到地

窖里换啤酒桶了。酒保给我打啤酒，慢慢地，分三次打，很注意地用他的农夫的手把杯子倾斜。他一直盯着我。浓稠的液体，奶油般的棕色泡沫，我们有着囚犯一样的眼神。我扬着额头，但没有藐视他的意思。我既是帕特里克又是蒂隆，有着一个的尊严和另一个的无力。我很从容。回到父亲的桌子上，我把一杯啤酒一气喝完，满满一口土地的味道。

吉布尼神父在观察镜子里的我。他坐在凳子上，背朝大厅，通过悬在酒吧上方的斑斑点点的镜子留意我的一举一动。谢默斯·吉布尼，身形巨大的神父，每天傍晚三声钟响过就会巡游各个酒吧，提醒男人们周日有弥撒。他只需提高音量就能平息一场斗殴，斥责这个，数落几句那个，双方就不得不握手言和。

但是今天晚上，神父用不着大声说话。我到了之后，没人碰过那个衣帽架和我的桌子，没人来找我的茬儿。酒吧渐渐恢复了常态。

酒吧门再一次打开时，谢默斯·吉布尼把喝剩下的威士忌留在吧台上，猛地在凳子上转过身。

“瞧瞧这是谁啊！乔·麦肯！老家伙乔！”

那人在大腿上拍着雨帽，一边诅咒老天在这个点进了酒吧。

神父声如洪钟，他的话是说给所有人听的。

“我有个好主意给你，听着，乔……”

麦肯知道等他的是什么。一个弥撒的逃兵到酒吧来冒险，神父会高举酒杯欢迎他，亲切地喊他的名字，讲个当天的笑话，然后责备开始。

“事情是这样的：乔·麦肯走出教堂碰见神父吉布尼。‘你喜欢我的训诫吗？’神父问他。‘哦，是的，我的神父。多亏了您，我每个星期天都学到新的罪孽！’”

神父大笑。还有整一屋子的人。

“来……过来，乔，”神父笑着。

麦肯朝吧台走去，把肩膀亮给神父的胳膊。

“我很担心，乔，你知道吗？你得时不时给点消息。”

神父想了一下，冲酒保做了个服务员倒啤酒的动作。

“有多久了？得有两三个月没在弥撒见过你了，对吧？

酒吧某角落有一快活的声音喊道：“兴许不止！”

“兴许不止，乔·麦肯。兴许不止……”神父笑嘻嘻地把黑啤递给他。

然后他和他碰杯。罪人端着他的墨汁，神父那杯金灿灿。

“如果你周日来做弥撒呢？你陪内利和孩子们一起来？哎？你觉得如何，乔·麦肯？这主意不好吗？鉴于你的耳朵的问题，你坐到第一排。好吗？”

神父的胳膊搭在他肩上，笑得跟蜜一样甜，眼睛往天花板上迅速一瞟：“而且你知道吧，我觉得他也想你了……”

乔点点头，沮丧地笑了一下，然后把杯子举到嘴边。

我也举起我的酒杯。它几乎是空的，服务员把下一杯倒满。

这时吉布尼神父从他的凳子上下来了。他抓过一把椅子，坐到我对面。

“可以吗？”

“您请。”

他把他那杯酒也拿来了，一饮而尽。

“有个老朋友想见您。”

他很小声地说，双肘拄在桌子上，双手交叉在最前。他很奇怪地打量着我。我神经绷紧。

“见我？”

“也想倾听。”

我把嘴唇埋进泡沫里，并不急于表态。我想在他的眼睛深处找出点什么。

“倾听？”

“如果您愿意，是的。”

倾听？我不喜欢这种听的方式。我已经交代了，再没别的可说。我把酒杯重重放到潮湿的桌上。我明白了。

“您说的是约什？”

气流未从我嗓子里冲出。声音嘶哑。

神父眨了下眼。

“是的，约什。他现在是方济各会修士，住在阿斯隆①一家修道院。”

---

① 阿斯隆（Athlone），爱尔兰韦斯特米斯郡的一座城市，地处爱尔兰国土中央。

“约什，”我嘴里重复着，心中如有乱爪抓挠。

“在这里我们管他叫约瑟夫·拜恩神父。他这次回老家停留两天。”

约瑟夫·拜恩，多诺格神父的天使。那个为我们泥炭地里一帮衣衫褴褛的小伙伴唱歌的男孩。约什，那个拉布列康，那个诵咏天父的精灵，那个为我们祈祷的约什，那个不用撩袖子就能和高穆里兄弟对抗的人。

“他想见您。他让我给您带话。”

“他想见我？为什么？要干什么？”

我提高声调。是担心。

神父起身离开我的桌子。明天周三，圣玛丽见？那是命令。后天约什就要去贝尔法斯特。我说好，同意，当然。是为了见他，而不是被倾听。为了百分百确定上帝没有折磨他。

七

一九四二年三月十七日，圣帕特里克日，劳伦斯舅舅死了。一个屋顶在他的重量下突然坍塌。他身子往后滑下跌落，后颈着地，眼睛望天，双臂张开。葬礼那天，我觉得整个爱尔兰都来了。妈妈走在穿着藏红花色短裙的风笛手后领着送葬队伍，手里捧着个微薄的花圈。然后是萝西、玛丽、安妮、小凯文、布莱恩、尼尔和申阿纳。我抱着宝宝莎拉，走在男人头一排里。

劳伦斯·芬尼根不是爱尔兰共和军的人，但运动给了他覆盖旗帜的礼遇。旗由一位费奥纳捧着，风把他吹得弯了腰。队伍有几百个人。许多面孔是从外地来的。申阿纳和汤姆·威廉姆斯都帮忙抬了灵柩。木棺在肩头传递，没人向我示意。我还太小，或者个头太矮，只配送陪死者。我不悲伤。尽管在爱尔兰，缺什么也不缺悲伤。我和邻居、朋友、曾经的囚犯一起走着，我跟着爱尔兰共和军的战士，三条黑色的队伍在大道上长长地延伸。我为这群人骄傲，为自己既是密汉又是芬尼根感到幸福。也为能跟随我的头儿汤姆·威廉姆斯的脚步而自豪。

这一带的母亲们低声议论说汤姆身上有太多痛苦。父亲们说面对这样一双眼睛，死神也要退却。他永远眉头紧皱，带着苦难的沟壑。但剧烈的情感令他窒息时，他便会失去生气。那是痛，让他呼吸困难。儿时留下的哮喘扼住他的咽喉。有一次我把他逗笑了。我知道小汤姆藏在这一脸忧郁之后。

葬礼那天晚上，我和他说起死亡，我们所有人的归宿。说到他的妹妹玛丽，三岁时被急性脑膜炎夺去生命。说到他的妈妈，也叫玛丽，二十九岁在生女儿时死于难产，六周之后，轮到女婴告别人世。

“错在贫苦，不在生活。”汤姆说。

于是我们聊起贫苦。大饥荒。光脚踩在泥泞里的孩子。营养不良的嘴角挂着一团团渗着脓液的溃疡。被冻死的我的父亲。我们有共同的愤怒。还有仇恨。和我们一样，汤姆也逃离了他的街区。亲英者向公园里玩耍的一群孩子投掷炸弹。若干人丧生。被投进监狱的不是杀人的新教徒，而是挺身捍卫街道的泰利·威廉姆斯，汤姆的叔叔。不公平。一切都不公平。我们在这个世界上形单影只，我们的战争被另外的战争冲淡。整个世界都把目光移向别处。我们只能靠自己，靠我们单独的力量。和这一带所有人一样，汤姆没有工作。申阿纳和我本来也会是这样，如果劳伦斯舅舅没给我们留下他的摊子、他的擦地刷、抹子和他清理烟囱的刺猬们。这个国家里永远不会有我们的工作。

他点了一支烟，用三根指头夹着递给我。生平第一次有人给我递烟。我接过来。只是为了学成年人的样子，在烟雾中眨巴眼睛。他坐在台阶上观察着街道。我也和他一样，松开了黑领带，解开领子。他跟我说起复活节，他很担心。他只比我大两岁，但我没法在他身上认出年轻的模样。汤姆·威廉姆斯有着鳏夫的眼神和带着烙印的脸。我再也没在任何一个男人的声音里听到那么多的伤。

*

英国人禁止一九四二年复活节那个周日的任何集会。但我们决定违抗禁令。我们要纪念一九一六年的起义，要向共和国的英雄致谢，没人能够阻止。

共和军在贝尔法斯特准备了三个非法游行，由身着制服的费奥纳勇士们保护。当我问汤姆警察来了我们怎么办的时候，他笑了。

“他们会忙于对付我们的。”我的头儿答道。

我睁大了眼睛。我想知道爱尔兰共和军要干什么。

“你要我们的流程图？”

我脸红了。我摇摇头，吸入一大口滚烫的烟让我自己闭嘴。

“各司其职，蒂隆·密汉。”

然后他站起身，手指指向太阳穴，朝我行了个军礼。对面，两名志愿军离开黑暗的墙，保护着他。

“再见，费奥纳！”汤姆·威廉姆斯喊道。

我看着他在孟买街上越走越远，一个人，三条影。他在街角拐了弯，口中吹着《上帝拯救爱尔兰!》。我捏紧了那枚白色的小球。我为我们所有人感到害怕。

复活节的星期天，妈妈把我们打扮成去弥撒的模样。我穿着申阿纳的一件旧白衬衫。尼尔穿着我的裤子。我的费奥纳勇士制服藏在婴儿车中莎拉的毯子下。街上人很少，气氛紧张。民族派的聚居区里，友好的门到处为准备反抗的童子军打开。我们每组两人一起准备，在后院里，躲在壁柜中、桌面下、学校操场、酒吧的小破屋里。我们走到科斯泰罗杂货铺门口时，希拉打开门。我的家人围着婴儿车佯装安抚宝宝为我打掩护。我溜进科斯泰罗，密汉一家则继续往教堂方向去。

达尼·芬利在楼梯高处一声不响地穿衣服，神色悲伤的耶稣注视着他。希拉坐在台阶上看着我套上黑短裤。我红着脸。我爱她。那个年代太羞怯，我们不敢太大胆，城市对它的孩子们了如指掌。一只手牵起另一只，十几个手指头就指过来了。没有恶意也非嘲笑。但总感觉窗帘后面有人在指指点点。英国人监督我们的行为，爱尔兰共和军监督我们是否践行诺言，神父监督我们的思想，父母监督我们的童年，窗户监督我们的爱恋。没什么藏得住。

“英国佬！英国佬！”街上有小孩嚷嚷。

希拉腾地站起身跑下楼梯。达尼继续穿他的衬衣。平静是他惊慌的方式。

“他妈的，我的袖子少了个扣子，”我的战友嘟囔了一句。

他已经补过裤子的一只膝盖。

外头，装甲车上的高音喇叭重复着所有集会皆为非法，战时的游行是背叛行为。开始和德国对抗的时候，军队的卡车天天在我们的街区徘徊，号召年轻的天主教徒披上英国军装。响应的寥寥无几。一九四一年五月，超过二十万适龄的民族派青年逃离贝尔法斯特，还有好几千人躲在城市周边的田间山上，为了避开前来招兵的中士。我们的父亲、母亲、家人们，好几千人每天上街游行，不愿他们的儿子为国王而死。五月二十七日，伦敦放弃北爱尔兰这个征兵区。只有阿尔斯特的新教徒去为他们的旗帜而战。

妈妈仔细熨过了我的军装。深绿色的衬衣，一样颜色的外套，军装立领，肩章，双排铜扣，一根白色的绳挂着哨子，还有一块橙色的方巾。腰带是我父亲的，我还继承了他的肩带。敌人的卡车开远了。我把费奥纳徽章别在胸口，一七九八年起义者的尖矛底下是燃烧的太阳。然后我们坐在楼梯高处等待命令。我把大檐毡帽戴到头上，达尼把他的放在膝上。人们在都柏林和科克[1]的童子军商店里偷了几十顶“贝登堡[2]”帽。爱尔兰和英国四处追捕我们的秘密军队，但他们并不能阻止我们戴帽子。

费奥纳勇士们几乎同时出现在街上。达尼和我站在科斯泰罗家的大门后。希拉守在窗帘后，用一个手指头拨开一条窗帘逢。他父亲把手按在门把手上。他在等着。金属哨声响

---

① 科克（Cork），爱尔兰第三大城市，科克郡主要城市和行政中心。

② 指罗伯特·贝登堡（1859—1841），英国陆军中将、作家、童子军运动创始者，常以戴宽檐毡帽的形象示人。

起。街对面，两扇门打开，四名童子军出现。轮到我们了。达尼在路沿将我们列好队。一共十个人。街对面有十几个，从一条死胡同里出来。还有另外一些正从克什米尔路到来。

“左！左！左，右，左！”

军官的声音。我们开始往多秋路前进。我浑身发抖。很蠢。我一边发抖一边把牙齿咬得嘎嘎响。这个英雄的时刻，我梦过不知多少回。我，蒂隆·密汉，穿着军装，迈步游行。如今我有些胆怯。或发冷。我自己也不知道了。帽子挡到我的眼睛，我也不敢去扶。女子支部的女孩们身着绿色短裙，头发梳得高高的，从里森街走来。右臂，左臂，游行队伍里的摆锤。我们走在大道中央，像一支儿童军队。

希拉跟着我们。她随身带的包里放着我们的便装。每名童子军都有一名母亲、姐妹或朋友保持距离跟随。我们的旗帜出现时，我的眼泪涌了上来，大笑，喜悦的笑，大喊，发自肺腑的呼喊。共和国三色旗无比辽阔。在此之前我还从来没见过绿白橙在这个天空下自由飘扬。费奥纳勇士团的旗帜十分壮丽，蔚蓝的底映衬着太阳光的金色条纹。一名男孩扛着共和国的三色旗，一名女孩举着费奥纳的标志。

我们占领了街道。这条街，我们从英国士兵手中抢来，从德国轰炸机的炮弹下夺回，现在属于爱尔兰，由打扮成战士的孩子们收复。人们在路沿、在门口等待。周围，爱尔兰共和军的便衣们下达着简短的命令。旗帜在前进，民族派的人从四面八方赶来。激动，不安，或欢呼雀跃或忧心忡忡，他们的脸上写着高尚和尊严。几百名妇女和儿童，男人和老人们充当军官，命令孩子们更好地列队。军乐队走在队伍最前方。几把笛子，三只鼓，几台手风琴。他们迈着很有节奏的步伐，演奏《上帝拯救爱尔兰！》。我在旁边，街道和路沿之间的位置，和其他费奥纳一样。我们的任务是保护人群，万一几条街之外的老教堂区的亲英分子和英国士兵出现。年长一点的男人们拿着带钉子的木棍，或者在编织袋里放着板棍球棍。没有武器。目的在于自卫，不在攻击。

游行队伍走到康威街拐角处收到解散命令。意料之外。我们离墓园还很远。两名男子爬到一辆卡车顶，高举双手，大声喊着让人群离开游行队伍。

“回路沿！马上！不要独自回家！如果你们只有一个人，马上加入人群！”

“每群不要超过五个人！”另外一个喊道。

我认识老的那个。他教过我们大饥荒的历史。

我吹响哨子，伸展双臂分散队伍。

“快传话！不要跑！走到马路沿上！”

达尼·芬利爬上卡车。

“费奥纳在这里换衣服，马上！所有人，回自己的支部！”

希拉跑过来。她把包里的衣服倒在马路牙子上。我们把军装递给她。衬衣、外套、裤子。我在大马路上穿着衬裤。管他呢。她把我们的帽子揉成团。在我们周围，人们窃窃私语着四散开去。没有惊慌，只有担忧。发生什么事了？为何纪念进行到一半便中止游行？一名年轻女子大步走到希拉面前，从她手里拿走了包，二话不说，也没有眼神接触。她把包塞到大衣底下，挽住一名男子的胳膊。他们穿过街。她走得有些艰难，一手扶着肚子，像位未来母亲。而他做出宽慰她的样子。我不认识这个女人，也不认识这个男人。但我知道我们的包会穿过街道，经过无数双陌生的手，今晚会在支部等着我们。

自从来到贝尔法斯特，这样的画面让我安心。它们简单，动人。就像逃跑路上为我们打开的门。像那位深夜在自家花园撞见我们的女士端来的茶。像那次在神父配合下假装的忏悔，那一回，警察追我追到了他的教堂里。还有那件黑色毛衣，我在十一月的街上放哨时一位邻居把它扔到了我肩头。

“在他现在所在的地方，我儿子已经不需要这个了。”

“谢谢。”①

我用盖耳语向他道谢。男人朝我露出微笑。他对我另眼相看。

“瞧瞧！自由国家的生力军！”

然后他笑着把手织毛衣的袖子系在我胸前。

一架英国侦察机飞越街区上空。小孩们纷纷对它竖中指，希望它撞上城市上空的防空气球防线。多秋路恢复平日稀少的车流量。马路牙子上挤满了一家家人。几分钟的工夫，费奥纳

---

① 原文为爱尔兰的盖耳语。

不见了，也没有了反抗者、示威者。只有赶着去喝茶的居民。

*

汤姆·威廉姆斯刚刚被英国人逮捕，被抓的还有C连和他一起的另外五人。贝尔法斯特纵队二营失去了一位领袖。我们聚集在支部，围着空空的拳击台。出于谨慎，达尼只点了一盏小夜灯。消息从各处传来，在街区散布，越来越糟糕。

为了保护我们的游行，汤姆和他的战士们在克什米尔街朝一队巡逻的警察开了火。汤姆负伤。尽管他已经下令撤退，但警察依然像猎犬一样穷追不舍。撤到坎普尔街，我们的人利用为他们开的门躲避追捕。一名警察强行冲进房子。他叫帕特里克·墨菲，是个天主教徒，家住多秋路，有九个孩子。所有人都认识他。他在客厅中被打死。

“这个混蛋警察！”达尼大骂。

可是毕竟，他是个天主教徒。

“一个他妈的叛徒！”达尼还在怒吼。

我们纷纷点头，但费奥纳之心却迷失了。爱尔兰共和军刚刚杀了自己人。几乎是自己人。一名想尽办法养家糊口的失业的天主教徒。

“那就得朝我们背后开枪，是这样吗？”

好吧。但是毕竟。他有着和我们一样的血肉。英国人的皮不过是一张动物的皮囊。他们的血和我们的血颜色不同。

他们有着战士的血，更稠，更黑，更脏。我们在朝墨菲开枪的同时，也拉开了自己的血管。

达尼猛摇我的肩。他让我看着他的眼睛。还不够！直视我的眼睛！我在他的眼睛里又看到什么呢？爱尔兰人屠杀者？不！当然不是！我得清醒，得记住，得从头学起。这不是一场新教徒与天主教徒之间的战争！沃尔夫·汤恩[①]，共和主义之父，就是个新教徒！那又怎样？有什么区别？新教徒可以加入爱尔兰共和军，天主教徒也能扮成国王的兵。所以，谁是我们的敌人？是爱尔兰共和军里头的新教徒还是穿着英国军装的天主教徒？我们应该对付的是谁？

“你明白吗？蒂隆·密汉？你为爱尔兰共和国而战，而不是为罗马教廷！你的神父们，你早就把他们留在国界线那边啦。不要弄混了，拜托！”

我们一共二十来个童子军在屋里。达尼一个个问话，确保他们明白他所说。

“皇家警察里头的天主教徒还没有我这只手上的手指头多。选择当警察的知道有什么危险。墨菲是个例子。”

然后他调整了站姿，背着手，两腿分开，拿出了头儿的嗓音。

“费奥纳勇士，立正！”

我们立即校正站姿，手贴着身体两侧，下巴抬起。

---

① 沃尔夫·汤恩（Theobald Wolfe Tone，1763—1798），爱尔兰共和运动发起者。

“费奥纳勇士，跪下！”

一个动作，庄重，严肃，所有人一齐跪到水泥地面。

达尼随之也跪下。他闭上双眼。

“以父之名，以子之名……”

我们高声祈祷，为帕特里克·墨菲灰色的灵魂。

*

共和军的六名战士被判处死刑，但只有汤姆·威廉姆斯被处决。他在法官面前声称这次行动由他指挥，把致命的那几枪也归到自己头上。实际上他当时已经受伤，呼吸困难，被哮喘击倒在地，武器也掉落，他揽下了所有罪状。爱尔兰政府呼吁从轻发落。梵蒂冈徒劳地指望赦免。一九四二年九月二日，在贝尔法斯特克鲁姆林监狱的院子里，十九岁的汤姆被绞死。像条狗一样被埋了，就埋在监狱的围墙里，在敌人的领地，没有十字架，也没有墓牌，没有任何一样属于他的东西。英国人不让我们领回他的遗体。

“那是我见到过的勇者中的勇者。他没有丝毫犹豫地走向断头台。唯一一个发抖的，是刽子手托马斯·皮尔彭特。”阿莱克西神父向聚集在礼拜堂中的囚犯们如此描述道。

“不要为汤姆·威廉姆斯祈祷，”神父说，“而是请他为你们祈祷。”因为汤姆现在是天上的神。

于是汤姆引领着我们。

城市里到处是挨砖头的警察和阿尔斯特卫兵。某警察局遭人纵火。在克罗斯马格伦，爱尔兰共和军的三十名志愿兵袭击了一座英国人的堡垒，打算劫持并绞死一名军官。行动失败了，但一名警察被杀害。另外两名在蒂隆郡倒下。第四个在贝尔法斯特，在追捕炸弹投放者的过程中被击毙。我们迷失了方向，愤怒得发了疯，复仇的念头蒙住了眼睛。一名记者在《贝尔法斯特电讯报》的头版愤愤地描述了两名共和军如何行纳粹礼挑衅美国士兵。

阿莱克西神父还说汤姆是吹着口哨走向死亡的。他吹的是《上帝拯救爱尔兰!》，我们的老国歌！那首我们在家里、酒吧里、游行中、体育场内齐唱的歌。那首我们遇到英国巡逻队便哼的曲子。

那首我们手里攥满石子、放声喊到上气不接下气的歌。

> "上帝拯救爱尔兰!"英雄们说!
> "上帝拯救爱尔兰!"他们所有人说。
> 死在高高的断头台
> 还是战死沙场
> 哦，没有什么不一样，
> 只要是为了心爱的爱尔兰!

*

一九四二年十月，我哥哥申阿纳被监禁。没有罪名，没有诉讼，没有判决。重要头目隔离。一九四三年一月三日，轮到我和达尼·芬利。我的胳膊疼了一星期。左胳膊，被警察抓着，右胳膊，被我母亲拉着。敌意，爱意，两片黑色的伤印上我的肉体。

他们来的时候是半夜。我被揪着头发和衬衣衣领，从楼梯上滚下。我和衣而睡，我知道他们要来。小凯文在哭，布莱恩和尼尔在哭，宝宝莎拉在摇篮里叫。一名警察拿枪柄打了我的眼睛。他打了妈妈，打了她的胳膊和脸，迫使她放手。妈妈手捂着脸摔倒了。妈妈摔在地上。我发出第一声真正的复仇的尖叫。让人起身战斗的尖叫。让人不管心里的犹豫奋不顾身朝对方肚子撞去的尖叫。妈妈摔在地上。她的嘴唇，我的脸，她的唾液，我的血。她扯下念珠，双手递给我，他们把我带走的时候她冲着圣母吼叫。生平第一次，我向仇恨求助。

街上不远处，几个男人围着脸朝墙壁双手高举的达尼。有人从屋顶扔瓦片，砸在装甲车的金属外壳上。我们被强行弄上一辆卡车。一阵猛烈的拳打脚踢。警察们朝窗户开枪。他们是“特别纵队”，所有警察中最可恶的，杀害我们人民的刽子手。

*

下午晚些时候，我们到了克鲁姆林。十个爱尔兰人，手脚被拴着，一个挨一个走在过道里。

达尼和我是年纪最小的两个。

“费奥纳招兵招到托儿所里去了吧？”一名在押者开玩笑。

汤姆·威廉姆斯的遗体就是在这所监狱里被糟蹋的。有人给我描述过这个地方。砖墙上胡乱涂着灰白的墙漆。起泡剥落的病态涂料上满是脏兮兮的手指印鞋印和潮湿的斑痕。红色的地砖。金属过道，旱桥，螺旋状的铁梯，拱顶天花板，没有尽头的狭长走廊。牢房的黑门。我都知道。但我从没想象过的是噪音和气味。尖叫、抗议、命令和人吠声混杂的不安。高高的金属栅栏，门的撞击，磨地的废铁，墙壁，带钉子的脚步。人们给我讲过牢狱里的孤独，但没讲过这般嘈杂。我愣在那里。而且这里到处是一股病人的味道。汗，口臭，污垢，食物，屎尿。走到监狱乙区的时候，我用手捂住鼻子，牵动了别人的锁链。

“爱尔兰猪的臭味，对吧，小叛逆？”一名看守脱口而出。

“别回答！”

达尼的命令，他走在我后面。

“你老母两腿间不是这股味道吗？”

我透过带铁栅栏的天窗望着脏兮兮的天光。

“这是不是让你想起你的猪圈啦？”

“他是个孩子！让他喘口气。”另一名囚犯说了一句。

狱卒们二话不说朝他扑了过去。他摔倒，我们也跟着摔倒。他们一边打一边朝我们吐口水。我们试图保护自己。我躺在地上，双脚在空气中乱蹬。另外一些狱卒们高喊着过来了。十来个，高举警棍奔跑而至。他们背靠墙排开，面对面，我们在中间。他们一齐暴揍，所有人同时，像列队干活的伐木工人。他们用鞋跟碾踩我们的胳膊和腿。我疼得大叫。其他人在怒吼。看不见的拳头狠狠地砸在牢房的门上。

“爱尔兰共和军！爱尔兰共和军！爱尔兰共和军！”

我闻不出监狱的气味了，也听不到它的金属声。我嘴里全是血，耳朵发烧，鼻梁断裂。嘈杂的是我自己。我想到父亲的拳头。我的脑袋像石头。我的眼睛在燃烧。我的脸颊涂着口水好让他以为那是我的眼泪。突然一声哨响。两名狱卒朝我们泼了一大盆冰凉冰凉的水。刚到这里时我是怕得发冷，现在我是被疼痛僵住。我们一团人肉和绳索就这么乱糟糟叠堆在走廊中间。看守们气喘吁吁。他们手里拿着警棍，一言不发地盯着我们。一名军官走到。他点了一支烟。

“明天进牢房。暂时先别动。”

然后他便转过身。

我们就这样摞在满是血和水的黏糊糊的水泥地上过了一整夜。我仰躺着，某一只脚踹着我的喉咙，我的脸颊贴着另外一个人的脸，死沉的达尼压在我腿上。有人吐了。我闭着眼，没睡着。我在发抖。这时传来一个声音，像一根极细的线。

“蒂隆？”

是达尼。他小声喊我。

我嘴里是血，嘴唇上是棕色的泡沫。

“听到我说话就动动你的脚。”

我轻轻地动了一下。

“你听着？”

痛苦的动作再做一遍。

“好。来了。在离克罗斯马格伦不远的乡下，爱尔兰共和军的一支小分队打算伏击一支英国巡逻队。英国佬每天下午五点经过。五点十分，还没人影。帕蒂队长看了看表，说：‘妈的，希望他们没事儿……’”

我抽搐了一下。乐了。胸腔和肚子里一阵痛楚袭来。

“以圣父、圣子和圣灵之名……”

我在脑子里用盖耳语默念《我们的父》。

汤姆·威廉姆斯和我一起祷告。

第二天，人们把我送进牢房，单人的。三米长两米宽的屋里，一张铁床，一张床头桌，一只便桶和一只脸盆。墙上有两个挂钩，用来挂衣服。拱顶刷成了奶油白，地面是凝固的血色，高高的老虎窗汲取着天光。我的第一个单人牢房。第一次流下眼泪。它们在等我示意。自打到了这里我光顾着自豪和疼痛。可门一关，四壁之内只我一人时，我也只有十七岁。没有费奥纳，没有共和军，甚至没有爱尔兰人，只有一名无人认领、没有阵营的士兵。我哭了，躺在床上，膝盖蜷到胸口，双手交叉抱在下巴底下。就在这一刻，我明白了，我的生命将会在这些俘虏营的墙壁和带齿的街道之间窒息。我会进来，又出去，直到最后一口气。双手或自由，或被捆绑，然后再次解放，再次扛上战斗的机枪，等待下一条锁链。却不会知道死亡是在外头还是在里头等着我。

“不准睡觉！要么坐着要么站着！”一名看守吼道，眼睛贴在窥视孔上。

我便开始迈步。三步，两步，贴墙走，对角走，来，回，突然变换节奏，给自己来个出其不意。

一九四三年三月八日，我年满十八。我之前跟几个狱友说过。我听到他们的声音。他们在各自的牢房里大吼。

“生日快乐，小蒂隆！”①

男人的声音，因为酒精和烟草而嘶哑、因为叫喊和监狱变得疲惫的声音。

“禁止说爱尔兰语！”一名看守拍打牢房门大喊。

我们的语言是武器。狱卒们很清楚。

三月十四日星期天弥撒的时候，两名囚犯向我走来。一个身形高大，另一个个头小点。神父阿兰带不好他的罪人群。有那么几个在唱圣歌回应布道者，其他人趁机交换信息。犯人之间是不允许说话的，即使是在放风的时候，但喧哗却是可以容忍的。看守们睁只眼闭只眼。一小时的自由可以避免发疯。

“你周一满十八了，是吗？”大个问我。

另外十来个人突然围了过来，背朝我们筑起一堵围墙。我对这一突然包围的动作感到十分意外。我不认识跟我说话的这个人。我点点头。

“是的，周一满十八岁。”

“你是申阿纳·密汉中尉的弟弟？”

中尉？申阿纳是中尉？

---

① 原文为爱尔兰语。

“是。”

一个眼色。我感到害怕。我做出心知肚明的样子。

“费奥纳，今天，你可以选择。从这里出去，你可以回家，也可以加入我们。”

“没有必须，”个头小点的那个说，“帮助国家还有其他办法。”

“比如学习，”第一个说道。

我摇摇头。在基利贝格斯，我是个差生。我从来没明白为什么要上学，也弄不懂数学和逻辑。我喜欢盖耳语、英语、历史，不喜欢别的。神父们老揪我们的头发。每次分数不好父亲就揍我。母亲连祈祷书都读不来。

“我以前接受汤姆·威廉姆斯领导。”

我随口说了出来。既非出于虚荣也不是傲慢。我只是想让这些人知道我不是前夜刚从村子里出来的。大个扬头指向小个。

“汤姆被捕的时候乔和他在一起。”

“乔·卡希尔。”那人低声说出名字，并朝我伸出手。

在我身后，神父正读着使徒保罗的罗马书。

“他们于是迷失在徒劳的争辩里，失去理智的心灵满是黑暗……”

人墙收紧。我举起手。

“我发誓，我将忠于爱尔兰共和国，忠于爱尔兰共和军和它的部队。”第一个人低声对我说。

“我发誓，我将忠于爱尔兰共和国①和爱尔兰共和军②。”

---

①② 原文为爱尔兰语。

“我发誓，我将忠于一九一六年声明，我将为建立一个社会主义共和国而斗争……”

布道者在轻声祷告。他开始斥责我们。阿兰神父可不是护送烈士汤姆的阿莱克西神父。这个神父恨我们。

“如果精神未被净化，心灵也会变得阴暗。阴暗的心看不到它的疯狂，自以为理智，实则变得狂热……”

他的布道在颤抖，我的誓词是窃窃私语。我知道他指向我。他了解他的这些囚犯们。他对我们的阴谋诡计了如指掌。每个周日，他都在留意我们手中传递的言语、物件、信号。他知道一个人的缺席或另一个的出现意味着什么。他在观察我周围的人群移动。他很清楚被这群人围在中间的，是个正在宣誓效忠的年轻人。一名罪人正无声地与和平条约决裂。一个魂灵将从他手中永远逃脱。

领圣餐的时候，我回到前面，我原来的位置。

“手上未沾鲜血的人请向前，”每周日神父都会这么说。

每个周日，我都是唯一一个在他面前跪下的人。

这一天，他看了我许久。我认不出他的脸了。他也没有了往日的笑容。我双手合十。他把圣餐放在我的舌头上。

“圣体。”

我直视他的眼睛。

“阿门。”

我心里很不好受。

我站起身，他凑到我耳朵旁边。“你知道你刚刚做了杀人的承诺吗？”

我双手依然合着，味蕾上是未发酵面包干干的味道。我不能说是。没有言词可以杀人。于是我只是让目光延续。我并非与之对抗。我任由心灵之门敞开。

“跟了巴拉巴，你相当于判了耶稣死刑。”神父低语道。

他看了看安静的人群。囚犯们表情严肃。好像他们知道我们之间对话的每个字。

“下周日领圣体的时候你不要到祭台来。跟你的同谋待在一起。”说完他便转过身。

我回到我的位置，有个人拍了下我的肩。

“跟天主好好吵一架也比落单来得强。”

然后他笑起来，神父很不高兴地取下襟带。

我在克鲁姆林监狱待了二十八个月。后来我再没去过礼拜堂。我用面包屑、墙上刮下的石膏和口水自制了一个有耶稣像的十字架，不比阿兰神父每次弥撒时放到祭台上那个大银十字架差。一九四五年四月二十六日，我被释放的时候，英国人几乎已经赢得战争。而我们精疲力竭。

和申阿纳一起，我们重拾了劳伦斯舅舅烟囱清理事业。我们的聚居点里还能找到点活儿，但市中心和新教徒的街区我们是不准去的。顾客们往往报以实物。烟囱换食物。萝西在街区的邮局工作。玛丽在科斯泰洛杂货铺当帮手。小的们努力喜欢学校。妈妈开始糊涂。她终日在厨房和教堂里度过，边打扫房子便高声祈祷，有时还跑到街上引来路人围观。她在多尔普尔巷的拐角处挥舞念珠向路人抛投厄运。我拉着她的胳膊把她领回家里。

“我们是孤立的，”有天晚上申阿纳坐在门槛上对我说。

他感受到我们的父亲在输掉他的战争后所经历的，当他的国家被撕成两半，他的希望被灰烬掩埋。我们是这一灾难的孩子。没有战败，却不知如何是好。整个欧洲只有我们没有胜利的旗帜可挂在窗口，只有我们不上街跳舞欢庆。他们的战争结束了。我们的战争还在继续。

八

我跑着回来了。我从矮墙后纵身一跃，没看见黑暗中的山楂灌木，荆棘猛地划伤我的额头和手。我忍着没喊出声来。我蜷着身子，脖子后面生疼。还有恐惧。在我后面，达尼·芬利一头扎进一大片纠缠的荆棘中。

“他妈的！这是什么？”

“得给贝尔法斯特的伙计们上堂植物学课，”我们的队长低声埋怨，他是个英军的逃兵。

“这个叫棘。有点像他们的带刺的铁丝网。”黑暗中有个声音答道。

“真是好笑，”达尼嘟囔了一声。

我们一共五十来个人，或躺在障碍后面，或背靠黑色的树，或匍匐在冰冻的地面。达尼在流血，他的脸被有毒的刺划破。我做了个表示同情的动作。

“你也没好到哪去，”他嘀咕了一句，熄灭了我脸上勉强的笑容。

那是凌晨四点。我们准备袭击费马纳郡境内利斯纳斯基皇家警察的临时营房。天黑的时候，一名来自恩尼斯基林的年轻神父为我们祝福。罗马威胁要将我们逐出教会，但我们的神父原谅我们冒犯教廷。旷野中，我们围在他身边，迎着风，单膝跪地，手执冰冷的木枪柄。我们身着便装。没有军装，甚至也没面旗。大衣，鸭舌帽，防雨衣，呢子上装和皮鞋。与其说是军队，我们更像支民兵队。或者，像一九二二年内战期间我们的父亲们。

每个志愿兵都得掩护他的队友。达尼和我互相掩护。弹药兵刚刚贴着兵营的墙安放了四枚炸弹。达尼和我跟他们在一起。就是从那边回来找掩护的时候我们扑进了荆棘里。

那是一九五六年十二月十四日。爱尔兰共和军展开“边境战”已有两天。共和军从南边北上突袭英军，再撤回国境线内。一九四四年后我们第一次重拾武器。贝尔法斯特也有一些战士提供支援。

“张开嘴，低下头，”我们的指挥官命令。

爆炸非常可怕，震耳欲聋。我紧紧抓住达尼。身边一切都在飞。水泥、木头、所有微小的抛射物像子弹一样呼啸而过。我们不用进入建筑，只需攻击。

“各就各位!”

墙后警报拉响。哨声，警笛，尖叫。我卧倒在地，手肘支着地面，枪柄贴着脸。那是一把毛瑟 98K 步枪。我在练习中试过，但从未在实战中用过。一名战士配有三个弹夹，各有五颗子弹。目的不在撑过一次围城，只是要宣布我们回归战斗。我的第一枪打向不知哪里，也许是朝着一条人影打去。我很不自信。我讨厌卧着开枪的姿势。肚子被压着，肩膀承受着射击的冲击，面颊被撞击，耳痛随之而来。我站起身。

“你干吗?”一位战友大喊。

我打了四枪，站得直直的，双脚开立，像练习时一样。我瞄准的是那团移动的混乱，我们对面的犹豫。我重新装好子弹。什么也不想。肚子是空的，脑袋也是空的。只有弹药粉和爆裂声。

“趴下，密汉!”

达尼起身和我并排，跟我一样站着。第三个人也站了起来。我什么也看不见，我做的是让人们听到我的武器。我们沉着地一起放枪。他们开始反击，达尼一把将我拽到地面。警察们毫无目标地回应。铅的胡蜂在我们头上飞舞。我启动最后一个弹夹。忽然，勃朗宁骇人的声音传来。钢铁爆裂的声音，跳跃，干脆，猛烈。

“当心，机关枪!撤退!”队长下令。

我们这边没有伤者。除了被荆棘刺伤的达尼和我。我们的分队赶在天亮前回到国境线南边。上头有令，如果遇到爱尔兰军队拦截便投降。爱尔兰共和军参谋部决定我们的子弹只用来对付英国敌人，不应该射向我们自由国家的兄弟。

国境线后，一辆运煤的卡车在某个村子入口等着我们。我们将武器上交。我不无遗憾地归还了我的枪。一个战士没了枪就什么也不是，只是个战败者。两名男子用黑色毯子将武器包裹好，藏到煤球底下。

我们周围开始出现第一拨早起的居民。遇到我们他们会放低视线。没有热情，也并无敌意。这里不像贝尔法斯特，既没人对我眨眼，也没敞开的家门。对于这里的爱尔兰人来说，战争早在三十多年前便结束了。如果在北边——“另一边”，战争还在继续，那也不关他们的事。

一些队员穿过田野，步行回家了。他们是农民，是街坊邻居。另外一些在沟壑里有自行车。两个上了卡车，腰间别着手枪。军官跟达尼和我握了手。他不着急走。他坚持要让我们看看没什么可担心的，在这里，共和国至高无上。就在这时，两名警察在教堂角落出现。他们看见我们了。其中一个用胳膊拦住了另一个。他们一句话没说，转过身安静地离开了。

“但愿，我们不撵你们?”爱尔兰共和军的队长朝他们喊话。

他大笑。一辆汽车开过来，他和另外四人上了车。留给我们的，是在打开的车窗里挥舞的手。

“永远的爱尔兰! ①”

我打了个哆嗦。上一次听到这个口号，还是帕特里克·密汉揍老麦克加里格的驴乔治的时候。我那时还是个孩子。我为我的父亲感到耻辱，为这个“永远的爱尔兰!”感到耻辱。而今天它是我的全部生命。

达尼和我坐车回了贝尔法斯特。我们分头过边境。我讨

① 原文为爱尔兰语。

厌温室里插着的那面英国国旗，那是我一路上看到的第一面。我讨厌在富人家的白色窗帘前龇牙咧嘴的圣诞装饰。我看着我冰冻的国家，它的美丽，它的不幸。

我没有任何感觉。我累坏了，打着瞌睡。我在想袭击中我是否杀了人。我做好了死的准备，却没做好杀的准备。我希望永远不要去面对死人的目光。我处于缓刑期。缓刑期伤亡者，缓刑期杀手。我们都是，所有人。我心里再清楚不过。

*

一九五七年五月十六日，我三十二岁，再次入狱。和该死的国境线两边其他数百名民族主义者一样被逮捕。而且又一次的，没有罪名，没有诉讼，甚至连被判刑的希望都没有。

在克鲁姆林，我的牢房里一共关着三人。英国人的监狱没地方可留给孤独。卫生条件是动物巢穴的水平，食物则是排泄物的水准。我们不知道自己要在这里待上一个月还是十年，是暂时被俘还是终身监禁。于是最软弱的那些投降了，还有最老的和最没希望的。我们中的一百多号人放弃了暴力，换来提前释放。申阿纳就这么做了。申阿纳·密汉上尉，我的哥哥。他被战役摧残，被监狱摧残。而且他不喜欢二战结束后便开始在我们队伍中流传的社会主义流言。

“我是一名爱尔兰爱国者，不是共产主义者！”每当我们幻想另外一个国家时他便会这么回应。

他也不再相信我们的命运。他说爱尔兰共和军是一只围着狮子徒劳乱转的蚊子。他甚至嘲笑我们的武器。

“三个人用一把枪？咱们可真有戏！”

他不害怕。不是这个原因。搜身的时候他拒绝举起手臂。他朝狱卒的脸上吐口水。被打的时候他连喊都不喊。他只是累了。他放弃了共和国的重担。他不再接受这一斗争。他放下了武器。曾经有过马拉奇·密汉，我们的祖父，爱尔兰共和兄弟会成员，一八九六年被英国人杀害。然后是帕特里克·密汉，我们的父亲，遭遇失败后死去。还有我，蒂隆·密汉，和他，申阿纳·密汉。明天会是谁？还有谁来喂饱英国佬的监狱或在他们枪头挂掉？尼尔·密汉？布莱恩·密汉？小凯文·密汉？来吧！干吗不索性把宝宝莎拉贡献给他们的拳脚？

我们聊了很久。好几小时，他的大手抱着我的头。他将去签他的协议，他的降书。他会回到我们的母亲身边。他会带着我们中还能挽救的人走远。他让我跟他一起走。我说了太多话，伤人的话。我高喊密汉家的人不应该离开他的土地。他不怀好意地笑了。

“我的土地？那片土地？爱尔兰，它为我们做了什么？它又把我们变成了什么，你能告诉我吗？蒂隆，你的问题，就在于你坐井观天。一个老头在街角朝你眨下眼，一个小孩为你鼓掌，一扇门打开，你就以为所有人都在你身后。狗屁，我的弟弟！蒂隆·密汉，共和运动的爱尔兰是什么？贝尔法斯特的两百条街，德里、纽里、斯特拉班那点破烂的聚居区？那不过是零散的村子！新教徒在他们的阿尔斯特是大多数，而且他们会一直是大多数。都柏林已经不管咱们了。爱尔兰人怀着和英国人一样的仇恨追杀我们。咱们把时间都用来蹲监狱，哪天被放出来了，一穷二白。还有什么？谁会听到咱们的呼喊？哪个国家会捍卫我们？希特勒的德国吗？太了不起了！多棒的政治课啊！支持所有与我们的敌人为敌的人？是这样吗？剩下的时间都与魔鬼共舞？”

我哭了，出于悲痛，也出于盛怒。

“睁开你的眼睛，蒂隆！醒醒！我们刚刚丢掉的不是一场战役，而是战争。我们父亲的战争。结束了，小战士！结束了，你听见了吗？我们几千人被几百万聋子封锁包围。必须放弃，蒂隆。挽救剩下的，你的生活，我们的生活。我想看到安妮穿上一条不让她觉得丢脸的裙子。你明白吗，蒂隆？我想要欢笑，要崭新的脸，没有战士的街。我不想要我们现在这个样子，我的弟弟。爱尔兰把我耗尽了。它对我要求得太多。我们的旗帜、英雄、烈士，我已经受够了。我不想再为了那点尊严把自己弄得精疲力竭。我放弃，蒂隆。而且我知道你有天也会放弃。有天，当你受的伤多出来那么一道的时候。我要呼吸。你听见了吗？像街上的一个过路人一样活着。随便什么人。今天的英雄，是周六领了工资回家、周日扬着头领圣体的人。”

一九五七年十月，我哥哥离开了克鲁姆林。在妈妈的支持下，他带着布莱恩和尼尔去了美国，投奔一位芬尼根舅舅。

一九六〇年复活节，我被释放的时候，他在纽约当警察，和来自马约郡的移民迪尔德丽·麦克马洪结了婚。这一年的圣帕特里克节，他身着制服和他的爱尔兰同事在第五大道上游行，身前是互助团体翡翠协会[①]的绿色横幅。妈妈给我看了他的一张照片，在一架木质竖琴前拍的。她用指尖抚过他的脸、他的鸭舌帽和他那身异国制服，既不自豪，也不难过，没有感情流露。我伸出胳膊搂住她的肩。

我三十六岁，是爱尔兰共和军的一名中尉。我和希拉·科斯泰洛结了婚。一年后，一九六一年八月十四日，杰克出生，我们的儿子也是唯一的孩子。尽管有他加上小凯文，我依然是密汉家唯一的成年男人，身边是四个女孩。我知道只有妈妈能把她们留住。她死后，有一天，萝西会离开。然后是玛丽。然后是安妮。小凯文和莎拉会追随她们其中某个，像追随一位母亲一样。妈妈疯疯癫癫地高声祷告时，她们都已经开始躲着我谈论澳大利亚和新西兰。安妮梦想着英格兰，尽管她从来没在我面前表露过。

“边境战”的原本目的是解放爱尔兰北部的一些地区，在那里打下临时一个共和国的基础。结果是失败。一切再一次有待重建。我们的军队溃败，我们的运动涣散，我们的勇气也是。一九六二年二月，爱尔兰共和军的“边境战”正式停止时，我们有八个人被杀害，六名警察丧生，只有河流依然自由流淌。

---

① 爱尔兰裔的警察和消防员间的协会，在美国许多大城市均有组织。

九

基利贝格斯，二〇〇六年十二月二十七日

“谁坐在我旁边，约什还是约瑟夫·伯恩神父？”

“你想见谁，蒂隆？”

我露出微笑。

“是你想和我谈话的。”

“那就是伯恩神父。”

“我需要朋友，不需要神父。”

约什没有回答。他变了。我离开了一个爱吹哨的小丑孩，脸蛋备受摧残的森林精灵。再次相见，我面前是个穿着黑色长袍的孱弱矮小的修士。我觉得自己更老了。

我们在圣母往见圣玛丽教堂，坐在第一排的长凳上，面朝祭坛。一切被装修得崭新。我讨厌投射在祭坛的玫红色的光。没有隐蔽的角落躲得过这片光亮。约什看着前方。他把玩着衣服上的白绳，说话很小声。

“你在发抖，蒂隆。”

“我渴。”

他看了一眼穹顶。沉默。

“没有犹大，耶稣应该什么也做不了。”

“你是在跟我说话吗？”

“我们。”

我观察他。他双手合十。

“你想怎么样？”

“我是来帮你的，蒂隆。”

“谁告诉你我需要帮助？”

“你。就是为了这个你才来的。”

我朝身后望了一眼。一名年轻女子在离门不远处祈祷。

“谁让你来的？”

他露出微笑。

“还是孩子的你。是他让我来的。”

“你能不能别说这些！这里只有我们俩。”

约什闭上眼睛。脸上依然挂着刚才的笑容。我们还是孩子的时候，他也有同样的笑。不用言语，他用这种方式告诉我们他知道的比我们多。

“给我你的宽恕吧，约什，这事就算完了。”

他露出吃惊的表情。

“你不就是为了这个才让我来的吗，伯恩神父？”

“蒂隆！我不是赦罪单的发放机。”

“你是个神父。你的活儿是拯救我的灵魂，而不是我的性命。”

“你该是受了多少罪啊我的朋友。”

他跪了下来。我也学他的样子，膝盖生疼。

“我不会保持这个样子。你有什么要说的就说吧。”

他睁开眼睛。

“我一直知道你是我们中间最勇敢的那个，也是最忠诚的。”

现在，他看着我。

“正是为了考验你的勇敢和忠诚，我们的父才赠予你背叛作礼物，蒂隆。”

我眼睛看着前方。

“我跟你说过了，别说这样的话。”

“你的国家需要被背叛，正如你需要背叛它一样。”

“他妈的，约什！别说了！”

“耶稣要求加略人犹大离开最后的晚餐，你记得吗？他对他说：‘你需要做的事情，速速完成即是。’”

我站起身。

“我要走了，约什。”

他用手按住我的胳膊。

“就跟耶稣需要加略人一样，你的国家需要你。”

我把他的手甩开。

“遭到背叛和背叛同样痛苦，蒂隆。我们可以爱爱尔兰爱到为它而死，也可以爱到背叛它。”

我看了他一眼。

“你到底在说什么？”

“蒂隆，你的背叛是为了缩短这场战争，为了中止你的国家的苦难。”

我感到心头的怒火。

“约什，你对我的背叛知道什么？伯恩神父，你知道些什么？你不就读了报纸，对吗？”

“我了解你。”

“才怪！你什么都不了解！你上一次见到我，我才十五岁，还在拾泥煤！”

“那毕竟也是十五岁，蒂隆·密汉。”

我跌坐在长凳上。约什颠三倒四地念叨着隐修院那几句蠢话。我之前的担心是有理由的。小精灵遭到生活、教会和所有圣人圣徒的虐待。他看起来再不像个活物。他的长袍太大太黑。大冬天的，他光着脚。他眼睛里有痴呆的沉默。头发脱落，牙齿也是。我一度甚至觉得死神在拽他的袖子。

“你能帮我个忙吗？”

他点点头，用真福者的天真眼神看着我。

“你到贝尔法斯特见到希拉的时候，告诉她，如果那个小法国人愿意，我很欢迎。”

“小法国人？”

“你就这么说。她会明白的。”

约什把额头靠在合十的指尖上。

“蒂隆，给我一点你的痛苦吧。”

他的声音越来越低。

“分享这个考验。给我这个恩典。让我成为你的同谋。”

他再次闭上双眼。

“我没有对爱尔兰共和军说，没对希拉说，没对任何人说。可不是为了要向一个刚从津巴布韦回来的僧侣坦白！”

“蒂隆，你不是在忏悔，你在感情用事。”

“约瑟夫·伯恩，我不需要你的同情。我不缺友谊，我缺的是尊严。”

他看了我一眼。我朝他靠近，轻轻抓住他的手腕。

“我背叛了，约什。”

他的眼睛在哀悼我的眼睛。

“而且，背叛，很难，很无情。对我来说太大了，约什。所以别问我为什么。我就只剩下这个为什么了。”

他久久地观察着我的脸，我的眼神，和在他皮肤上颤抖的我的双手，嘴角浮现一丝不易觉察的微笑。

“谢谢你，蒂隆。”

我放开他的手，慢慢站起来。

“谢谢？谢什么？”

“你赠予我你的痛苦，也就是在请求我的原谅。那么我原谅你。”

我叹了口气，直摇头。我连道别话都没说就离开了这排长凳。没有屈膝礼，没有胸口的十字。爱让我恶心。

“蒂隆·密汉，我会分享你的悲伤，你的孤独，还有你的愤怒。”

身后传来他的话音。我迈着逃亡者的脚步。只有在教堂和监狱中，才会有紧紧追随着你的话音。

我置身于十二月的雨中。穿过村子。

我独自一人，很难过。也很愤怒。

十

小孩们叫嚷到来，一边把手里的石头扔到马路牙子上，或者对着墙砸碎瓶子。

“警察来啦！他们进街区啦！”一个身穿足球服的小家伙高声喊道。

他浑身是煤灰和汗水。我拦住他。他在发抖。

“扔掉这个，快！”

他看了一眼手里握着的砖块，松手由其坠落。

“快跑！回你父亲那里！”

“我父亲在蹲监狱！”当儿子的边逃边喊。

阵阵爆炸声从很近的地方传来。警察在发射催泪弹。还有朝天上放的曳光弹。年轻人们纷纷回退，人越来越多。几百个人，混乱中由几名上气不接下气的童子军带领着。他们刚用石块袭击了一个警方的防御工事和几辆装甲车，遭到追捕。警察通常追到聚居区入口便停下，但在一九六九年八月十四日这一天，他们冲破了我们的门。

“伯格赛德！伯格赛德！伯格赛德！”

人群有节奏地高呼着德里这个街区的名字，四天以来，那里的民族主义者和警察对抗着。

“各回各家！为了天父的爱，找安全的地方待着！”

四十四岁的我，张开双臂站在马路中央，让孩子们停止奔跑，让他们正常走路，到各扇门后躲起来。

“爱尔兰共和军呢？它在哪里？他们为什么不来保卫我们的街？”

一位女士，穿着睡袍站在自家门槛处。

“你竖在大马路中间干什么？扮稻草人吗？”一个年轻人高喊着了推了我一把。

“他们到啦！警察在那儿！”

居民们为了保护孩子四处奔忙。一些人操着锄头柄、板棍球棍或金属管。一名妇女在黑暗中挥动着一把长柄大汤勺。几分钟的工夫，多尔普尔巷设好路障。一辆板车，几块床垫，一张扶手椅，废墟里弄来的残垣断壁，几个男人拖来了一台生铁炉灶。夜间的第一道街垒。就在稍高处的克什米尔路也设起路障之前，再往后，其他街道也纷纷有了路障。到处是骚乱的喧闹声。钢铁爆裂，玻璃破碎，闷棍声，尖叫声。

“蒂隆！”

达尼·芬利跑过来，胳膊底下夹着条毯子，身后跟着C连的六个人。他一个手势将我召唤。然后跪到地上，气喘吁吁。

“蒂隆，我们守这条街！保证大家的安全，守住它！”

他不是在说，他在喊。因为周围的嘈杂，他一字一顿地喊。像一位船长在狂风横扫的甲板上。街垒后面，他在马路牙子上摊开毯子。

一把汤普森1921式冲锋枪，两把M1卡宾枪，两把韦伯利左轮手枪，一枚手榴弹，还有一只装着弹药的纸袋。

“爱尔兰共和军！爱尔兰共和军回来了！”一名男子高喊。

他原本站在一只酒桶上，这会儿跳下来，大笑着搂住我。

“爱尔兰共和军！老天啊！保护我们！让他们瞧瞧我们是谁！”

爱尔兰共和军！呼喊声传遍整条街。人们不再往回退。他们赤手空拳回来冲锋陷阵。

“回去！把街道留给战士！”达尼命令道。

“爱尔兰共和军！爱尔兰共和军！”

人们根本不管我们的命令。女人们又从屋里出来了，怀里抱着婴儿。另外一些在地上敲打着他们的大锅、平底锅，或者是垃圾桶的铁盖。一位教士手持祷文四处奔走。年轻人们纷纷捡起刚才丢弃的石块。一姑娘在街垒另一边扔了一只燃烧瓶。我们只是六名志愿军，人们却把我们当作一队解放军来欢迎。离这里几条街的地方，天空被火光照亮。孟买街上的房子在燃烧。瓦斯燃尽之后，人群赶去灭烟。一盆盆水在一双双手中传递。黑夜忽然间亮如白昼。第一辆装甲车刚拐过街角，白色的探照灯对准了我们的街。手榴弹散发的氯气，火情的浓烟，形成一团阻光的迷雾。我跪着，脸上裹着块抹布做保护。一个小姑娘把衬衣剪成长条分发给起义者捂住鼻嘴。一个小男孩突然出现在我身后，伸手掏走我们的手榴弹。我从他手里抢过来。他耸了耸肩，一溜烟儿跑掉了。

“费奥纳！疏散平民！”达尼喊道。

童子们组成了一支小得可怜的队伍。十五个人左右，沿街步步北上，求人们回家。

达尼朝天空放了两枪。

“爱尔兰共和军命令你们散开！”

爱尔兰共和军命令你们！我们重新控制了街道！我们终于要战斗了。

对面灰色的墙上，一行黑色颜料涂鸦的老口号龇牙咧嘴。

爱尔兰共和军 =I-RAN-AWAY！

“爱尔兰共和军 = 我跑路啦！”

好几个星期以来，民众一直在恳求我们抵抗。我们没有能力。前所未有的混乱和孤立。警察和亲英派是我们街道的主人。自打公民权利运动一开始，天主教徒就一直被打压。我们要求什么？体面的住房，一份工作，不再当二等公民。一人？一票！和新教徒一样平等。我们手无寸铁，我们的横幅是撕裂的床单。对英国人来说，这样的愤怒是造反的态势。对于亲英派来说，我们的每一声抱怨都是战争的呼喊。他们永远不会分享权利。他们号召最后的对抗，来一场大战。赶走这些教皇的走狗。把我们一个一个扔回国境线那边。他们已经清理过他们的街区。这一次，他们瞄准的是我们的据点，我们的房子、学校和教堂。

“新教人民要有新教国家！”

黑夜里传来他们的叫喊。

人群被达尼的枪声所惊，开始后退。装甲车也是。一阵刺耳的倒车声之后忽然没入黑暗中。

第一枪就是这时候从对面打过来的。然后是第二枪。

“实弹！警察开枪打人啦！”

我抄起汤普森枪，跪到街垒后，子弹在我的指间颤抖，不断侧滑到弹夹的钢板上。我只好不停地上子弹，上到弹簧立直为止。二十发。我数了数包里剩下的，还有九颗。连发弹夹都装不满。

他们还在开枪。达尼重重坐到我身边。

“这不对啊！事情有点不对劲！”

他转动鼓轮，换掉空弹壳。

“他们拿什么在打？不是他们的枪这个！听！这听着像猎枪！”

街上几乎空无一人。几百名居民步行往巴里墨菲和安迪顿寻找避难处。其他人返回各自家中。一名爱尔兰共和军的志愿军哈着腰来到我们旁边。

“是亲英派！警察把人赶跑，这些王八蛋跟着上场了。他们朝我们开枪，烧我们的房子！”

在我们前方，隔着两条街，传来手枪声。达尼卧倒在板车和床垫中间。他开了两枪，然后转回身，一个手势，向我示意后面那条街的街角，又动了几下手指头安排了另外两名战士的站位。

“开枪警示！不要朝人群里开！”达尼喊道。

我们头上飞过石块和钢钉。对面，他们有投石器。他们的燃烧瓶砸在我们的墙面上。我站起来，把汤米枪卡在髋部。轮到我开枪了。无弹出膛。只有钢铁的撞击。我仰躺下来。忘关保险机了。我把机柄拨到“发射”状态。我在出汗，还在发抖。我是一团恐惧和仇恨。他们就在对面，我能看到。一小群人，火把，叫喊声。蒙昧教徒，基督教魔鬼。似乎有一条影子在街道中央起舞，一把步枪在手。他们砸烂窗户和门，警察们也听之任之。我是为了杀戮而开枪。四颗干脆的子弹，几乎连着射出，直奔那堆活动的人影而去。我为武器的威力所震惊。枪从髋部滑到腿上。我重新拿好。街对面，我们的人用卡宾枪开火。达尼贴着路障，他瞄准的是人头上的夜晚。突然，若干瓦斯弹落到我们周围。我在白色的烟雾中后退，眼睛发烧，肚子里在翻滚，嗓子被堵住。没有了空气。没有了一切。像在水底。我张大嘴巴，拳头直捶胸口。我正在死去。死，就是这样。我本该在脸颊的某个角落保留一点空气的，或是鼻子里，或是衣兜中。然后是撞击。太阳穴上狠狠一下，肩上又是一下。是子弹还是石子，我不知道。我放低了冲锋枪，又举起来，我想把它卡在髋部。我咳嗽了几声。我眼睛里有血。我按下扳机。我想应该是。我也不知道了。我听见自己的枪声。我看见武器的火光。达尼倒下了。我在他身后。二十米开外。我开了三枪，达尼在前面倒下了。他站起来，转过身，看着我，嘴巴大张着。他做了一个什么动作。他不明白这是怎么回事。他惊呆了。他松开左轮手枪，双手捧在胸口，他在往下滑，肚子贴着床垫的边，额头撞到地面上。装甲车白色的光投到街上。我站着。达尼躺着。我双膝跪地。

“他们打死达尼啦！”

是我们的人的声音。我已经不知道是谁。

“蒂隆受伤啦!”

一些胳膊把我扶起来。我没事。我活着。我没事。我在自言自语。一只手拿走了我的武器。路障后面，装甲车在后腿，发动机轰鸣。再无人射击，无人投石。只有屏住的呼吸。燃烧的气味。灰烬在空中飞舞。女人男人的喊声。

“凶手! 凶手!”

孩子们的石头砸在装甲车上，毫无分量。

“蒂隆? 能听见我说话吗，蒂隆?”

我没事。一点事没有。我杀了达尼·芬利。我闭上眼睛。我任他们摆布。我没受伤。没大伤。那不过是些石块。空气又回来了。我被拖拽在地面，又被胳膊和腿脚扛住，然后举到某个男人的背上。一扇门。一个客厅。一张沙发。腰的部位有什么东西，像是某件被遗忘的小孩玩具。有人把一个靠垫垫到我脑袋下。有只手扶着我的后颈。温热的布搭在我额头，杯子里的水遇到我咬紧的牙齿。冰冷的液体流到脖子上，流到肩上，像条蛇。我杀了达尼·芬利。发烧。我又开始发抖。街上，警察的高音喇叭吐出命令。我又看到达尼惊讶的眼神。他在前面倒下了。他背部中枪。他弟弟被亲英派打死，他被共和派打死。一九六九年八月十四日，我杀死了达尼·芬利。

这是我们的终结。也是我的终结。

*

我在床上躺了将近一周。费奥纳和贝尔法斯特纵队的人在街角轮流放哨。吉姆·奥列瑞，二营的弹药工程师，日夜守在我床头。我睁开眼睛时，他说欢迎我的到来，就像我站在他家门口一样。吉姆是个亲近的朋友。他的妻子凯茜像爱戴自己的母亲一样爱戴希拉。

第三天，我喝了一杯茶，吃了半片吐司。我不在自己家。我从没来过这个房间，也不认识丽兹，一位上了年纪的女士，负责照顾我。第四天，我得知妈妈、弟弟和姐妹们已经踏上流亡之路。希拉把他们带到德罗赫达投靠一位姨妈，在国境线的另一边。萝西、玛丽和安妮哭个不停。她们说不想再这样逃走。莎拉吐了一路，小凯文躲在作坊里不想走。妈妈告诉他们说不会再走远了。发誓。他们离开了基利贝格斯，被赶出桑迪街，然后是多尔普尔巷，他们的苦路会在德罗赫达终结。希拉问我母亲，等到哪天一切都平静下来，她是否会重返贝尔法斯特。母亲在胸前画了十字，说她只有当耶稣基督王携君威进驻时才会回去。

所有只有希拉一个人重跨国境线。

整座城四处动乱。伦敦派遣英国军队到北爱尔兰，这是战后第一次。不是警察，不是“特别纵队”，不是北爱尔兰临时军，而是英国人，货真价实的。皇家威尔士兵团驻守多秋路。居民们为战士送去茶和饼干。我抬起眼睛。

“茶和饼干？”

她露出微笑。

“他们跟那些杀人者一点关系没有。”

她边整我的被子，边说是他们避免了更糟的事态。没有他们的话，亲英派们会把我们赶尽杀绝。

我口干舌燥，如鲠在喉。我问："达尼呢？"

女人抬起美丽的眼睛看着我，眼神里是骄傲和同情。

"他会在周三下葬。"

她重新坐到床沿，露出哀伤的微笑。

"孟买街不存在了，一切都被烧了。我们的街之所以没事，都是多亏了他和你。"

门开了。两个男人。我认识个高的那位，是我们参谋部的军官。吉姆马上立正。

"让我们单独聊会儿，丽兹。还有你也是，奥列瑞。"

他等着门重新关上。我肚子里像灌了铅。我思念童年的海风。我想起汤姆和他的哮喘病。这回轮到军官坐到床沿。我看着他。他在我眼里细细搜寻，又缓缓吸了口气。

"我明白你的感受，蒂隆。"

我没接话。我让沉默替代我回答。

"当我们中有人倒下时，他身边的人总会问自己为什么还活着。"

他四下环顾小屋。耶稣十字像后有些干枯的枝桠，还有一幅肖像画，一只白猫在一筐毛线中。

"死亡里没有公平，蒂隆。达尼倒下了，但倒下的也可能是你。"

他重新把目光投向我。他的手搭在我的手上。

"你的问题也会是他的问题。"

然后他慢慢起身，走到窗前，用一根手指头拨开窗帘。他背对着我。

“你知道，这个一九六九年八月十四日，多尔普尔巷发生了什么吗？”

我杀了达尼·芬利，朝他背上开了两枪。

“你不知道？这一天夜里，爱尔兰共和军向世人证明了它有能力守卫街区，必须重新依靠我们的抵抗。”

我杀了达尼。是我。我在咳嗽，我什么也看不清。我开了枪。头疼。我的眼睛在坦白。探望我的人只听见他自己的声音。

“以他的勇气去生活，而不是惦念着他的死。”

闭嘴。出去，你和另一个。离开这间屋子。

“你的复仇即是战斗，蒂隆。”

他朝我伸出手。他不知道。没有人知道。在黑暗里，烟雾中，纷乱之际，只有达尼和我面对面。没人看见他死时的眼神。我吸入屋子里所有空气，还有街上的，整个街区的，整个国家的，直至基利贝格斯港口咸咸的迷雾。他举起手向我致意，优雅的动作，热忱，透着兄弟情义。告诉我，我活着。他永远不会知道。或另外那个，他也不会知道，轮到他举起手了。

“蒂隆，你拯救了你的街区。”那人说。

“达尼是烈士吗？”

我怎么了？我为什么这么问？言语跑得太快。我的嘴还张着。

“是的，他是为爱尔兰自由而献身的烈士。”

军官温柔地看了我一眼，另一个已经出了门。

“而你，你是英雄。”

*

我先是拒绝。我只想待在人群中，和其他人一样，仅作为其中一员。扛他的棺木。仅此而已。送行路上，不少队里的人过来看我。他们的手拍着我的肩，他们的声音像在祷告。

“是他！是蒂隆·密汉！”

街边窃窃私语。狂热的眼神。感激的示意。两位老民族主义者在我经过时端正站姿向我致敬，手指朝向太阳穴。一位年轻姑娘献上幸存者的感激一吻。另外一位递来一束雪片莲。马路牙子上，一群孩子在模仿童子军有节奏的步伐。一路上不见英国人。他们守在周围的街道，在拒马①后面，头上罩着带叶饰的“剃须盘”②。

我先是拒绝发言，然后又接受了。

我走到麦克风前时得到了人们的掌声。长时间的掌声，像是在感谢我。我杀了达尼。我在颤抖。从那一天起我就没停止过颤抖。人很多很密。我把嘴唇靠到金属旁边。

几百个注视。他的妻子在第一排。希拉。吉姆。其他人。

“达尼·芬利没有死！”

---

① 一种木制的可移动障碍物。

② 指形状酷似剃须盘的英国士兵头盔。

掌声。

“达尼·芬利没有死，因为你们活着！”

我看着面前热泪盈眶的人。

“达尼·芬利没有死，因为，星期一早晨，玛丽·毛格里维在科罗纳德街出生了。因为星期二，迪克兰·卡伦在克罗克斯街出生了。因为，就在今天早晨，西沃恩·麦克迪维特在登维尔出生了。”

战栗。女人们双手紧握。第一排，来看过我的那位军官眼睛模糊了。

“达尼·芬利没有死。他就叫玛丽，叫迪克兰，叫西沃恩！”

我们的旗帜在讲台底下哗哗作响。我看着每张发光的脸。

我杀了达尼·芬利。

“这些孩子们的生命就是我们的复仇！”

*

一位身着红衣的女人站起来，她等着安静恢复。每张桌子上都有十几个空瓶子或空杯子。我环顾四周，都是我认识的人。在我床头看护的弹药师吉姆·奥列瑞，他的妻子凯茜，“杀手”皮特·布莱德利，谢里登兄弟。每个目光交汇，都会有一杯举起致意的啤酒。麦克·奥多勒，“小熊”欧仁，被监狱磨刻的面孔。他们进去，又出来，在生与死之间耐心等待。

红衣女人把麦克风拿到嘴边。

“一位勇敢的爱尔兰之子今晚在多尔普尔巷被杀害。”①

啤酒都放到桌上。只消头几个音符响起，酒吧立刻安静。只有这个声音，被其他十几个声音陪伴，像迈步前进的人群。女人转身向我。所有目光也朝我投来。托马斯·阿什酒吧的常客是为蒂隆·密汉唱响了这首《达尼·芬利叙事曲》。达尼·芬利，一年前的今天死去。这首歌创作于他离世一周之后，随后在共和派的报纸上发表，继而在全国上下成为合唱歌曲。有朋友在伦敦的酒吧里听到过，在芝加哥的一家爱尔兰酒吧里听到过，美国人哭着歌唱去他乡。我也跟着哼。

唱到副歌，所有人起立。

永别了，我的朋友……②

我推开椅子，站着，在大厅中央，双臂垂下，紧握拳头。达尼·芬利和他死去的英雄们会合了。皮尔斯，康诺利，托马斯·邓巴尔，汤姆·威廉姆斯。他经常歌唱他们，如今是我们歌唱他。我感到希拉的手在我的手臂上。杰克在那里，靠着我。他才九岁。他看着我，看着人们。这一生，我都永远记得他当时脸上的自豪。

人们鼓掌，我举手致意。又重新坐下。啤酒杯子围过来。父亲的吉尼斯里有不幸的滋味。一年以来，我像个活死人。我的名字过度流传，我无法再扛起武器。我处于隐退状态。暂时却必要的隐退。白天，我所到之处，尽是脱帽致意、微

---

① 原文为英语。

② 原文为爱尔兰语。

笑和热情的言语。夜里，达尼看着我。我坚持了一年。我会坚持一辈子。现在说已经太晚。向谁坦白？多诺万神父？爱尔兰共和军？希拉？吉姆？还是向依靠我生活的儿子？谁？又是为什么？为了让我的灵魂安息？让我的心安息？让我的肺腑安息？我杀了达尼而且隐瞒了事实。我抬了他的灵柩，我向他的名字致敬，我高喊复仇。要驱散多尔普尔巷的烟雾，如今为时已晚。我痛苦，耻辱，孤单。

接近午夜，弗兰克·德弗林和他妻子来跟我握手。所有人都叫他米奇。他带着惯有的微笑，给我递过来一支钢笔。

“谢谢米奇，今晚不是时候。”

“你以后不会需要吗？确定？你有自己的笔吗？”

自一九四二年以来，每次他碰见我，都会朝我眨下眼睛，递来他的钢笔。没人了解这个已经成为传说的举动。那是个秘密，他和我之间的。二十八年前，米奇揭穿过我一次，而且一直引以为乐。他并无恶意，只是个孩子的玩笑而已。而我脸红了。他把手搭到我肩上。

“这是走了怎样一条路啊，哎？”回自己桌子前他对我说了这么一句。

轮到我举杯到眼前向他致意。

那是在克鲁姆林，我到那里的第二天。我生平第一次蹲监狱。被关起来之前，我要求上厕所。我在袜子里藏了一段铅笔，一丁点煤灰裹在一小碎木片里。我当时鬼使神差，以为自己是在外面某个酒吧小便池关着的门后面。我在脏兮兮的灰色墙面上，用漂亮的字体写下了“爱尔兰共和军”。然后就进了牢房。

第二天，小组里尽谈论这事儿。众人捧腹。会是谁？这里所有人都是爱尔兰共和军的人，谁会觉得用得着自称爱尔兰共和军？谁以为他自己在都柏林的公共厕所里？谁自作聪明想吓唬接下来光顾的膀胱？

米奇负责洗衣。他在我的裤子的夹里里头找到了那段铅笔。我让他答应不说。他答应了。但对他来说，蒂隆·密汉会永远是克鲁姆林那个小孩，在茅坑的墙上声称自己是爱尔兰共和军，因为他是那里唯一一个不属于秘密军队的人。弗兰克照看着我的青年时代。

这天晚上，在我的俱乐部里，我感觉在他们的地盘。头一次，我感觉不在我的地盘，而在他们的地盘。像是非法闯入勇者的高尚境界里。

“我们走，蒂隆。穿上外套？”

希拉站着。杰克在桌子上睡着了，脑袋枕着胳膊。

托马斯·阿什酒吧里人们渐渐离去。

“再见蒂隆！”

“上帝守护你，密汉！”

椅子摞起来了，桌子被在地上拖着，杯子堆积的声音，酒吧的铁门帘拉下，发出很大的声响。笑声混着醉酒的吵嚷，啤酒杯和瓶的碰撞，有人大声说话。我穿好外套。戴好帽子。摇摇晃晃穿过大厅。墙上一幅饰有黑纱的达尼的肖像。我停下来。霓虹灯突兀的光照耀着他的眼神和额头。

达尼埃尔·“达尼”·芬利 中尉

1924—1969

二营C连

爱尔兰志愿军

他的眼睛朝上看，没看我。他决定许我安心。我感到杰克的手在我手中。我们走进黑夜。有雨的气味。我立起外套的衣领，看了看眼前的街道，低矮的房子，黑色的窗户，醉酒归家的沉沉身影。我放开杰克的手，举起拳头高呼。

“永远的爱尔兰！”

“永远的爱尔兰！”我儿子也跟着喊。

然后我发出一声长长的驴叫。可怕的哀号。那是乔治的叫声，驴的哭泣。

十一

基利贝格斯，二〇〇六年十二月二十八日，星期四

杰克这次来没什么原因。他答应了他母亲，说到做到而已。冰冷的探访。我不是他父亲，他不是我儿子，两个陌生人在屋子里。

“你最近好吗？”

他把目光从大粗陶杯上抬起。他两手抱着杯子借以取暖。他看了我一眼，喝掉杯底的茶。

“你是在跟我说话吗？”

我站起来。火在熄灭，冷。

“你在和杰克·密汉说话，是吗？”

我转身，背对着他，拨了拨火炭。我的声音很低。

“我在和我儿子说话。”

“你儿子？你是说，我有个父亲？”

“你有父亲，是的。”

我把一支潮湿的树根放到火焰上。

杰克喊起来。

“头二十年我有父亲，然后他就死了。”

“不。他就在你面前，正在拨火。”

他往后推开椅子，椅子倒地。他手肘一挥，将粗陶杯扫落。碎裂的声音。他站起来。

“别说了！你对我来说已经什么都不是了，听见没有？什么都不是！你是个叛徒！你背叛了二十六年！你承认了，二十六年！来监狱里看我的是个叛徒！你还记得我出狱那会儿吗？记得吗？在车里，我坐在你身边，你说你为我骄傲。记得吗？你为我骄傲！”

我重新在我父亲的桌子旁坐下。

“为我骄傲？我在你的英国朋友的牢里蹲了二十年！他妈的，二十年啊！然后你说你为我骄傲？”

“你想再来点茶吗？”

“你是妈妈的叛徒，爱尔兰的叛徒，是身边所有会呼吸的一切的叛徒。你是我的叛徒。你甚至没权利生活在这里！”

我看着杰克。他身上有太多密汉的东西。我差点露出一丝倦怠的笑。我对自己说他是我仅剩的所有。

“你怎么还能面对面看着我？啊？你怎么做得到？”

“我看着我儿子。”

“我不许你看！别再说这个词。永远！”

*

小时候，杰克很喜欢基利贝格斯。他挑井水，对着蜡烛做梦，借着煤油灯的亮光造出奇妙的剪影，走在码头上对着船只笑。他去爬光秃秃的山和没有尽头的石头矮墙，与齐腰高的红蕨战斗，一去就是好几小时。他梦想着海上的小岛屿，散布到视线尽头，大海撞击出白浪。希拉总是待个三天就想回去，但杰克总恳求她再留一阵子。对他而言，这是一座猎人的房子，印第安人的房子，大饥荒之前的乡村别墅，那时候我们还没开始数盘子里有几个冒烟的土豆。即使成了费奥纳，他也还是个孩子。在贝尔法斯特，他脸色总是很难看，一双手被砖头毁得厉害，浑身散发着汽油味和愤怒。我在他眼里看到汤姆·威廉姆斯的光芒，很为他担心。但在这里，在基利贝格斯，他把钓鱼竿往肩上一甩便去围堵乌鱼，或者从旷野里回来，边走便拿橡树枝拍打矮树丛驱赶坏精灵。

一九七九年的一天，杰克和戴夫（“史努比”）·巴略特一起，在城堡街打死了一名警察。杰克驾驶摩托，史努比朝拦街的制服开了三枪。往北一点的格伦路上，他们撞上了军队的装甲车。杰克决定往左取道一条小路。一辆共和派的出租车紧跟着他们。史努比伸手告知司机他们要拐弯，却忘了枪还握在手里。士兵追上了他们，把他们摁到马路牙子上。他们没有抵抗便投降了。他们等了一会儿，脸贴着地面，脖子被掐着。他们被捕的时候，警察的死讯还未传来。几十名居民从砖房里出来。史努比朝着这一小群人高喊自己的名字。杰克大叫“密汉！多尔普尔巷的密汉！”英国人没有开枪，留了他们一条活命。他们不得不对杰克和史努比进行审判。因为这一天，在格伦路的这条小道上，几十名民族主义者都知道了戴夫·巴略特和杰克·密汉被军队抓了。而且他们是活着上了装甲车的。英国人开枪杀人毫不留情。我们阵营里有些人对此感到震惊。我却不。我从来不认为我们的敌人有优雅之处。我要杀他们，他们要灭我。战争从来皆是如此。

我儿子被判了无期徒刑。二十一年的牢狱。二〇〇〇年七月，他和最后一批共和派犯人一起被释放。出狱比入狱还难过。

“我们的旗呢？”

这是他的第一句话。从长基监狱出来，我们在回家的车上。希拉在后座，他在我旁边。她的手架在扶手上拉着他的手，一路无语。爱尔兰欢迎我儿子归来。天空一尘如洗，旷野骄阳，还有一丝风。杰克的额头贴着车窗。他得好好包扎这铁丝网下的二十年。而就在路边，在一个有围栏的院子里，一所学校的阴影下，飘着一面英国国旗。大且新，崭新。

“我们的旗呢？”杰克问。

他在后视镜中寻找他母亲的目光。

“这一切就换来这个？”

希拉低声嘟囔着。和平进程，谈判，妥协。我们的旗帜很快就会自由飘扬。最重要的是，我们的孩子们能自由生活，他们的父亲停止送死。

杰克看了我一眼。我目不离路。这一切就换来这个？这只是个开始，我回答他。凡事总得有个开始。我们的街上没有了武装巡逻，不再有突如其来的大搜捕，没有各种检查。英国人拆掉了国界线上的兵营的瞭望所。警察们给多秋路上乱停的车开罚单。你能想象吗？雨刮器下是违章通告，就跟在伦敦或利物浦一样。而且，你知道吗？杰基·诺兰，还有约翰·麦金泰尔，你中学时的朋友，他们都当了警察。不再只有新教徒了，天主教徒也开始穿上警服。有了这个，一切都不一样了，你不觉得吗？他抬起一只手，示意我闭嘴。

很长一段时间里，杰克吃饭都背对着我们，面对墙。他觉得吃东西是件猥琐的事情。他有九年是在完全隔离中度过的。有什么话要先对自己说。他的动作很少。他把自己房间的床垫放到地上。他先是试着和青梅竹马的菲奥娜共建生活。然后是和露西。然后是和我们。四十七岁，他回到家中。曾经的哨兵、费奥纳、爱尔兰共和军的志愿兵、中尉、上尉，现在他是贝尔法斯特一家酒吧的夜场门卫，对付喝醉的孩子们。他们对他说，他以为他是谁呢，爱尔兰共和军已经不会再保护他了，他如今不过是一只裹着白衬衣和黑西服的企鹅，什么都不是。他不作答。

*

杰克终于站起来了。他看了看我，穿上他的滑雪衫，戴上手套。时间还没到。路上并没传来希拉的喇叭声。

“至少等你母亲来了吧。”

“我母亲？我母亲她这些年里一直睡在一个陌生人身边。你知道吗？你听见没？她现在跟死了没什么两样！”

“我能听见。”

“不！你什么都听不见！你什么都不明白！你没法知道突

然失去父亲、失去丈夫、失去一切是什么样的！我父亲？那是蒂隆·密汉！伟大的密汉！是啊，狗屎英雄！我们给了他爱、信任和骄傲。我们给了你所有！而你背叛了爱你、保护你的所有人！你还记得吗，我小的时候，每晚都帮你把大门闩好不让那些混蛋进屋。那些混蛋，就是你。”

“我听着。”

“你知道在贝尔法斯特人们管你叫什么吗？‘那个人’。没了。没人会说出我们的姓。我们是叛徒亲属。”

“我知道。”

“我们能干什么，妈妈和我？我们能怎么办？”

“没有我，你们会继续生活。”

“我们家里再也不会有光明。”

我低下头。从早晨到现在，有句谚语一直在敲打我的脑袋。“死之前是否有生？”汤姆·威廉姆斯曾拿这句话教我们怀抱希望。

杰克往门口走去。

“我需要你，我的儿子。”

他停在门闩前，面对着锁，对着我安的双重锁链。他背对着我，垂着肩。一声叹息。沉默。这段沉默，持续了很久。杰克抬起握着拳头的手搭在墙上，把头埋进手臂中。他没有哭。

“我不能。这太痛苦了。你对我们做的这一切太龌龊了，爸爸。”

“我需要你们。”

他最后一次转过身，和愤怒一样赏心悦目。我知道，只要他穿过这道门，就不会再回来了。于是我也站了起来。我寻找一个句子，一个词。他站在门槛上，双手插兜，进入屋外的冰霜中，在森林面前突然变得渺小。

“杰克?”

他耸了耸肩。

“我爱你。”

我唯一所剩。

他看了我一眼，呆在那里，脑袋歪向一边，跟他小时候一样。

“我爱你，我再说一次。”

他皱起眉头，看起来像是不明白。他倒退着踏上那条通向大路的小径，一句话也没说。他是面对着我离开的，离开了房子，离开了他的童年，那口老井，蜡烛温柔的火焰，矮精们，森林，他离开了祖先的村庄，他的父亲，和整个我给他的爱尔兰。他双臂张开，走得跌跌撞撞，因为看不见路。我的孩子，我的儿子，我的小战士。他在哭。他张着嘴，脸上戴着痛苦的面具。他逃走了，从我这里逃走。他的脚步踩在木头、石头和冰冻的土地上，嘎吱作响。我一手扶着冰冷的墙，无能为力。对他，对我，都无能为力。我甚至连叛徒都不是。我死了，他也是，我们所有人，以及未来其他所有人。我不再等待什么。我也不知道我们的旗帜在何方。

十二

一九七九年十月二十日，我被判处十五个月监禁。街坊里有人将我告发。出于安全考虑，那人出庭的时候躲在一个帘子后面。只有声音面对我。

“密汉打了那个年轻人，说爱尔兰共和军要严惩毒贩，说他要是敢再带货来聚居区就要打断他的腿……”

我闭上眼睛。我对这一战战兢兢的语气并不陌生。也许是培迪·图梅，因从酒吧回来暴打他妻子而被我们的人修理过。或者是利安姆·摩尼汉，强奸未遂后被驱逐出我们的街区。我略微倾身，想知道是谁。一个粗呢肩膀，挂帘后一只胳膊的影子……

“坐好，密汉。”

我做了个含糊的手势。我们一个接一个在迪普洛克法庭[①]走过场。只有一个法官，没有陪审员，证人出庭均不露脸。因为威胁毒贩子就把我送进监狱？英国人打错算盘了。我们的军队已经重组，以独立小分队为单位。我朝法官微笑。他躲避我的眼神。我在先后担任二营和贝尔法斯特纵队的负责人之后，进了爱尔兰共和军的参谋部。那个身穿黑衣的小个男无法猜到他审判的人是谁。十五个月？小菜一碟。然而，

---

① 英国政府在北爱尔兰设立的无陪审团法庭。

却也是恶梦一场。

*

从一九七六年三月一日起，共和派和亲英派的犯人都失去了战犯的身份。一夜之间，特别法来势汹汹，我们都成了匪徒，必须和普通刑事罪犯一样穿着囚服。一九七六年九月十四日，基兰·纽金特进入长基监狱，拒绝囚服，要求裸体。他把床上的毯子裹在身上。那年他十九岁。他是我们中的第一人。随后便有了第二人，第三人。弗兰克（“米奇”）·德弗林，拿钢笔的人，是第九个……

一九七八年三月，鉴于每次去淋浴都会被殴打，我们的人砸烂了牢房里所有家具，而且拒绝出门。作为报复，狱方索性清空牢房，只留下床垫铺在地上。几天过去，囚犯们依然不出门倒便桶。便桶满了，共和战士们决定尿在地上，把大便拉在自己手上，然后往墙上涂。一九七九年十一月一日，我进入监狱 H4 区的时候，三百名同志已经赤身只裹毯子在他们的屎里生活了三年。

*

我已经很久不发抖了。五名看守面前，我默默脱去衣服，看都没看他们。我想到杰克，我的儿子，五个月前他刚进过这间屋子。一面镜子摆在地上。没人要求我，我很自觉地蹲下，手指掰开肛门。那年我五十四岁。那些看守都比我年轻。其中一个递过来仔细叠好的囚服，石油蓝配黄色绲边。我看着那孩子的眼睛，往衣服上啐了一口。

看守们不喜欢我的举动，把我胖揍一顿。他们把光着身子的我扔进牢房，还往我腰上踹了一脚。我的额头先撞到地面，然后是颧骨。我趴在地上，艰难地坐起来。拇指扭伤，两根肋骨碎裂，嘴和鼻子都在流血。一溜滚烫的细流从我的后颈流下来。我的头顶受了伤。我伸手摸，头破了，少了块皮。我的左腿开始发抖。我抱紧上身，天很冷。我四下环顾牢房，角落里有个褴褛的人形，躲在草垫里。

"杰克?"

我没认出自己的声音，它像一扇门的嘎吱声。

我害怕是他，同时又希望是他。不是我儿子。是另外一个儿子。他扭过头，慢慢从他的角落里站起来。他很年轻，很瘦，如柴，脸色比苍白更青灰，一把乱糟糟的胡子，发长及肩。他没说话，只是把空置的床垫上的毯子拿过来，披在我肩上，然后在我旁边坐下。我放下警戒心。不知为何。也许是因为那个动作。粗糙的温柔，关切的沉默。也许是因为他看了我的眼睛。我短促地呼吸着，任由温热的尿液流出。我在尿。这摊带着体温的液体反着光，在我身下扩大。他没后退。尿液到达他光着的脚底，将它包围，然后继续它的道路一直延伸到床垫下。

他朝我伸出手。

“艾登·费伦，西蒂隆纵队。”

“蒂隆·密汉，贝尔法斯特纵队。”

他露出微笑。

“达尼·芬利的朋友，我知道。我很荣幸。”

他点了支烟，用《圣经》的页边卷的烟丝。

“他们说马太烧得更好，但我更喜欢用使徒书信。”

他吸了辛辣的一口，递给我。

“圣皮埃尔，圣保罗，管他的呢……”

我们默默地抽着烟。我看着这间阴暗的屋子。变质的食物沿着墙角堆成黏稠的一排。成堆的污秽之物，淌着水的腐烂物。还有涂在墙上的屎，一直涂到了天花板，上面有手指的痕迹。一只带耶稣像的十字架，悬在坏掉的开关上。我打了个寒战。

看守们带我进牢房的时候戴着面罩。空气里有着下水道里的黏稠。我之前还不知道气味能齁住嗓子。夜幕降临时，我几乎已经习惯了这里的臭味，还有我黏糊糊的腿，寒冷，黑暗，以及我们所有人的大便。

“我们是政治犯！①”

声音从远处传来。牢房里的呼喊。我的语言。

“我们是政治犯！”艾登回应，一瘸一拐地走到房门口。

“我们是政治犯！”我也喊了一声。

---

① 原文为爱尔兰语。

在此之间，除了狱卒们仇恨的眼神，我还没见到任何人。这下好了，听到了我的同志们、朋友们、一同战斗的兄弟们的呼喊。几十团怒火在迸发，愤怒的声音堆成火山，壮丽无比。精彩的喧闹。高举拳头的叫喊，赤裸的肉撞击着牢门。我在其中寻找着我孩子的声音。但马上我又不想听见。

“我们的日子会到来！①”第一个开喊的犯人又喊了一句，声音盖过了其他人的喧闹。

“我们的日子会到来！”其他人回应。

“我们的日子会到来！”

“这是你第一个晚祈祷。”我的同伴笑着说。

然后就再没人作声。

*

夜里，艾登有时会哭。他像个孩子一样哼哼，然后用毯子蒙住头。有天早晨，我看着他。他趴着睡，一边脸被压着，张着嘴。一条胳膊伸到地上。白色的蛆在他的头发里和手背上蠕动。

十三个月过去，我也和他一样。我的头发盖住耳朵，鼻子裹着一块块油垢，胡子乱长。一个人的脸是另一个人的写照。我从他的棱角分明的线条、毫无光泽的皮肤和大黑眼圈中看到自己的消瘦。

---

① 原文为爱尔兰语。

他在牢房的一角组织蟑螂赛跑。而我，我让他一一列举爱尔兰三十二个郡。

“米斯……梅欧……罗斯康门……奥法利……”

他跟我学点盖耳语，监狱里的常用语。

“亲我屁眼！”

这是他最钟情的战争口号，每次看守开门他都会嘟囔一句。

我们决定一起拉屎，为的是把这件私人的事情变成某种仪式，把这份耻辱转化成共享的典礼。他蹲在门左边，我拉在自己手里。然后，我们把我们的排泄物摊在墙上，摊成温热的圆圈。最开始，我会呕吐。画面之野蛮，气味之强烈。接着，慢慢地，我学会了化恶心为愤怒。新鲜的涂层覆盖已经干燥的粪便，我四处涂抹人类排泄物，没有任何羞耻感。

囚犯们卷起硬纸壳造出管道，塞在牢门和地面的缝隙里。吃完饭，到了固定时间，我们就在这些小管道里撒尿，让尿液留到走廊里。

“他们永远不能把我们毁灭！”我的同志说。

我们被禁止探视，不能收发邮件，整日整夜被关在封闭牢房里，没有放风时间。我们已经放弃了打发时间，话也很少说，眼睛久久望向地面。我们往往是不敢和另一个人有眼神的交汇。

“如果我们从这里出去，也没法把这里的事讲给任何人听。”有天艾登这么说。

“但是外面所有人都知道。”我回答。

他摇摇头。

“他们知道？蒂隆，他们知道什么？老天啊！没人能明白我们在这里经历的！屎，对他们来说，只是一个词，蒂隆！不是物质！不是穿过你手指间的脏东西！”

一天早晨，狱卒们高声嚷嚷着打开了我们的门。身后是戴着头盔的警察。他们在走廊里跑，用警棍敲打着墙。听到其他犯人的叫喊，我们站了起来。艾登把我拽过来，我们背对背、颈对颈贴着，胳膊扣着胳膊，双手握拳护在身前。我们朝生命和恐惧大喊，因为愤怒而颤抖。我们两人合成一个人的身体，又被他们暴力撕开。

我被打倒在地，身上的毯子被扯掉，他们拉着我的腿把我拖到走廊里。持警棍者围成人墙。他们以盾牌护身，尽情向这些该死的爱尔兰人施以报复，还有他们的毯子，他们的大便，他们的谩骂，他们的蔑视。这些人殴打浑身赤裸的人，脑袋、背、举起的手。他们在我们身上做记号，留下他们的痕迹。

我被揪着胡子和头发拖到浴室。我边吼边反抗。我已经没有任何感觉，也感觉不到疼。其他人的叫声让我如醉酒般。有那么一瞬间，我以为他们要将我们杀掉。极度惊恐。三名看守把我按在地上，胳膊和手卡住我的脖子。我回以抓挠和唾沫。然后我像一件货物一样被抬起来，重重丢进一个装满凉水的浴缸里。他们要把我淹死。我手足乱舞。下颌骨挨了一拳，我又一次向后倒下，头撞到墙上。他们清洗我的身体，洗去一年的抵抗结下的污垢。一名看守拿着一把硬毛刷在我身上使劲擦，先是背，然后是手臂。他不是在擦一匹劣马，就是在给马桶去垢。他张着嘴，喘着粗气，威胁我的父亲、我的母亲，我这一物种的所有混蛋。

他高声喊着："这一下，是给阿涅斯·华莱士的，王八蛋！阿涅斯·华莱士，你不记得了吗？"

我的嚎叫盖过了他的声音。

"那威廉·莱特呢？也不记得！爱尔兰共和军的大粪！"

他一顿胡擦乱刷。他把我的手按在浴缸边上，用刷毛使劲搓我的指甲缝，一边在我耳边狂喊一堆人名。

"威廉·麦卡利！约翰·卡明斯！"

他有节奏地拿刷子的背面敲打着。

"罗伯特·汉米尔顿！约翰·米利肯！"

米利肯。我记得。监狱行政处保安的头儿，在回家路上被爱尔兰共和军干掉。

老天！他在替这些死人报仇。

"托马斯·芬顿，王八蛋！德斯蒙德·埃文，凶手！"

第二个看守过来接力。他揪我的头发，拿一把破钝的剪刀在我头上划出道道伤痕，他剪着，撕扯着。

"米奇·卡斯蒂！杰拉尔·梅尔维尔！"

于是我回答："詹姆斯·康诺利！帕特里克·皮尔斯，埃蒙·坎特！"

我使出浑身力气扯开嗓门。以血还血，以眼还眼，他们有牺牲者，我们也有。

剪刀剪去我一块耳朵。

“阿尔贝·迈尔斯！”

“汤姆·威廉姆斯！”

“纳粹！”拿刷子的狱卒叫道，“纳粹的脏货！”

我眼里有血。第三个看守用前臂卡住我的脖子，勒得我透不过气来。我呼吸困难。我张大嘴，伸着舌头，徒劳地伸缩下颌。眼前带文身的手臂上，联合杰克的旗杆戳穿爱尔兰的旗帜。

“你们杀了达尼·芬利！”

他们把我的头摁进水里，一只手摁我的头，另一只摁我的脖子，两条胳膊夹着我的两条腿，还有一只鞋在我腰上。他们一直保持这样的姿势，直到我窒息。

回牢房的路上，我们遇上宇航员，十来个，身穿连体服，戴着防护手套、靴子、透明面罩和怪异的风帽。他们搬运着一些清洁用具、高压水枪和吸尘器。

“回火星去，王八蛋！”一名受伤的犯人嚷嚷。

我被我的看守送回来。他是个奇怪的家伙，几乎秃顶，比其他看守年纪大，总会对我们投来一个眼神，或者只字片语。

我们管他叫“波比①”，因为他的下颌和缺失的牙齿。他

---

① 波比（Popeye），大力水手。

负责给我们送晚饭，每次他都面带歉意地看着我们的牢房，摘下布口罩，好像决意要分担我们的苦难，然后摇摇头轻轻喊声“耶稣圣母！”。

他应该是天主教徒。

有天他让我放弃肮脏抵抗，接受蓝囚服。当时我独自一人在牢房里。艾登被传到行政处，他在那里得知姐姐死于一场火灾。以往，波比一般站在房门口。这次，他进来了。他站在屋子正中央，远离脏兮兮的四壁。他把餐盘放在我的床垫上。

“动物都不会这样活。”

我重复我们的诉求，高呼我们的口号。我很后悔。他把我当人跟我讲话，我却用木偶的方式回答。他的同事在走廊里等着，波比压低声音，用词谨慎。他说没人在乎我们用肮脏来抵抗，说英国人会任由我们这样继续下去一千年，必要的话。他对我说在我们的街区和爱尔兰共和派孤立的圈子之外，人们对我们压根没有一丝关注。

“四年了。四年，你意识到没？瞧瞧你们现在到了什么地步。活在屎里头的是你，密汉，不是玛格丽特·撒切尔。”

其他狱卒瞧不起他。犯人们则站在他一边。我们中有些人认为他的同情不过是一种伎俩，是看守们唱黑脸白脸的策略。不过有天晚上，艾登在哭他死去的姐姐，波比提出可以帮他给家里送封信。他让他保证信里不涉及政治，只是悼词，就当是儿子对双亲的安抚。艾登接受了。这对两人来说都是疯狂的举动，从监狱规定的角度来看，是犯罪。对波比来说，是背叛。

斯特拉班的年轻人独自面壁。他花了很长时间在《圣经》里选了一段话，他把那一页撕了下来，读给我听。《战败之后的祈祷》，赞美诗第六十章，大卫向天主诉说。

“你叫你的子民吃尽苦头，你使我们东歪西倒……”

他问我对他的选择有什么看法。我没作答。是啊，艾登说，天主让我们见识了不少。对他而言，这样的考验是他存在的证据。接着他又花了很长时间在书页的白边上写字，极小的字体，密密麻麻的，毯子抗议前犯人们的写法，那时候我们还有权利接受探访，我们在卷烟纸上讲述我们的生活，然后把纸无限对折，直到得到指甲盖大小的一小团。这些不可告人的秘密，裹在铝箔或透明的菲林中。这些信息，藏在人们的脸颊里，替代原来的补牙填充物。这些纸团，在接待室的亲吻中，由一条舌头传给另一条舌头。

一天晚上，晚饭过后，看守来收餐盘，纸条就藏在吃剩的一堆白豆角下面。

宇航员在清洗铁栏。波比扶着我，一只手揽着我的腰。我的手搭在他肩上。我一瘸一拐，口水和血混在一起往下流。我浑身疼，每走一步膝盖都嘎吱作响，我的皮肤在燃烧，像被阳光灼烧又被沙子磨过。周围的一切在旋转。我踉跄着，等了一会儿，等地面平静下来。

就是在那时候，我看见了罗伯特·桑兹。第一次也是最后一次。每天天黑时分喊盖耳语的人，就是他。在外面的时候人们就跟我说起过他，语气里满是敬重。他二十七岁。毯子抗议之前，他为共和派的报纸撰稿、写诗，还画画，教盖耳语。被捕的时候博比·桑兹在一辆车里，和四名志愿军一起。他们五人持有一把左轮手枪。为这个被判了十四年监禁。

“你的头儿情况不妙，”波比在我耳边嘀咕了一句。

博比在牢里指挥爱尔兰共和军。两名看守正把他往他的牢房里送，他们一人一边架着他的腋窝，毫不在意地把他在地上拖着。

“别看。”

我闭上眼睛。他毯子遮了半身的模样在我面前闪了一下。在我紧闭的眼皮后面，他皮肤的白色和被殴打的痕迹留了下来。他双臂下垂，两条腿软弱无力，光着的脚在地砖上划过，脑袋耷拉着。破烂裹尸布里的一条魂。

回到牢房，我吃了一惊。地是湿的，到处散发着漂白剂、氨水和氯的味道，像是停尸房、厕所和医院的混合。墙被清洗了。只留下痕迹的影子。他们把我们的毯子和床垫都在水里泡过了。艾登在墙角，肩上和腰间围着湿嗒嗒的毯子。他的头发一边长一边短，脑袋前面的头发呈现一个白色的大洞。他摩擦着两个膝盖。我走到他的角落，从那里可以看到外面乳白色的老虎窗。外面下着雨。我很难受。我的皮肤，我的头。我的血在跳动。我的下颌顶里头有两颗牙碎了。我的舌头是一个创口。艾登闭着一只眼。而我张着嘴。我们没有对抗寂静。我们紧挨着，一句话也没说，等着夜晚降临。

“我们的日子会到来!”①

走廊里传来一声怒吼。我们中的最后一个回到牢房。我靠在墙上，有点昏昏欲睡。抬起眼睛，我看见艾登在用眼神询问我。他在黑暗中微笑着。看守们还没点灯。他站起来，走到门边，十字架下面，他的小角落里。我也站了起来。他把屎拉在地上，我拉在自己手里。然后我们重新开始漆我们的牢房。

*

一九八一年一月七日，离开长基的时候，我紧紧拥抱了艾登。像拥抱杰克那样。还有我们的胡子，我们打结的头发，我们湿漉漉的毯子，我们的自豪。为了让我们获得政治犯的身份，博比·桑兹发起绝食抗议。集合每个牢房的意见，我们重新更明确地提出诉求，一共可怜巴巴的五条。不穿囚服，自由集会，不从事监狱体力劳动，每周能接受一次探访，收一封信和一件包裹，恢复因为抗议而中止的刑期减免制度。

我要求艾登不要在自愿殉难的名单上填他的名字。他才十九岁，有个两岁的女儿。他背着五年监禁的刑罚，有天会出去的，去照顾她。

因为我知道这场抗议是致命的。

---

① 原文为爱尔兰语。

前一年，一九八〇年十月，七名犯人两个半月未进食。在阿马的监狱，三名女囚犯也加入绝食行动。伦敦采取缓兵之计。他们承诺重新考虑犯人政治身份，以换取抗议中止。绝食停止了。玛丽和两位梅里亚德同意进食。还有汤姆、西恩、莱奥、汤米和雷蒙德。还有布兰登，爱尔兰共和军的狱中指挥官，后来被博比·桑兹代替。一个月后，北爱事务国务秘书汉弗莱·阿特金斯食言。共和派的犯人依旧是普通刑事罪犯。

博比同意中止第一次绝食抗议，第二次抗议得由他领头。他的坚决里还多了上当受骗之痛。一九八一年三月一日，他第一个开始绝食，其他人接力，每周一人，死者倒下，生者扶起。

但不要是艾登。他，还有我的杰克。我不知道为什么让他承诺。这里，高墙内，我没道理对他下命令。在外面我是军官，但铁丝网和瞭望台又让我变回普通一兵。任谁也不能够要求博比停止绝食抗议行动。爱尔兰共和军的最高指挥部不能，我们所有的头儿不能，所有神父不能，我们街上所有妇女的祷告不能，他的妹妹、妈妈不能，他七岁的孩子杰拉尔德的眼泪也不能。而我，我求这个孩子活下去。我求他为我活下去。

“你，你得活着，”我对斯特拉班的木匠艾登·费伦说。

他答应我了，像个儿子一样。而且信守诺言。

十三

一九八一年一月八日，凌晨四点，三辆军队的撒拉森装甲车、两辆英国警察的路虎和十几名士兵冲进多尔普尔巷。他们是来找我的，距我被释放刚过去九个小时。我在睡觉，希拉突然把我摇醒。他们破门而入。我跑下楼梯，光脚，身穿睡衣。

“蒂隆·密汉?”

这不是我的名字。是一声勒令。士兵就站在楼梯脚下，脸颊贴着枪杆。我点头称是，高举双手，像是等待接受搜身。一名警察揪住我的头发，另一名抓我的后颈。门被撞烂，铰链脱落。希拉在嘶喊。

“他昨天才出来的！看在老天的份上放过他吧！他刚出来！”

我被打到了街上，胳膊扭绞，下巴贴着胸口。灰色的装甲车贴着我们的墙面，敞着门。从我家门槛到它的铁栏杆不到十步。多尔普尔巷又一次奋起。车队在尖叫声和纷纷砸来的石子和酒瓶中离开。我被按在车底，双手被捆在身后。一名警察用黑色塑料袋套住我的脑袋。我很惊慌。我以为他要把我憋死。三名警察踩着我将我控制，一人踩后颈，一人踩腿，一人踩背。我又看见了艾登、牢房、恶臭的地面和大便墙。我想呕吐。我不想重返监狱。

一名军官跪下来，把嘴凑到我耳朵边。他的嘴和下水道一样臭。

“嘿，爱尔兰鬼！不错吧自由？是不是有点太长了？你出来多长时间啦？十个小时，十二个小时？”

我没搭理。

自从一九四一年和妈妈及劳伦斯舅舅一起过了边境之后，我就知道什么时候能对抗，什么时候得低头。有天我哥哥申阿纳被一巡逻队恐吓，他把双臂挡到面前，做出一副佃农怕挨主子打的嘴脸。士兵们乐了。其实他身上有一把左轮手枪和两枚手榴弹。

“敌人低估咱们，他们就处于弱势，”他说。

碰上英国伞兵的时候，他往往装智障，夸张地一瘸一拐，伸舌头舔下巴，瞪大眼睛，英国报纸上刊登的漫画里，爱尔兰人总有个往外突的下巴，就是他这个样子。他是做给我看的，眼角还偷偷瞟我。而且总是有个士兵很配合地对其他人说：“啊，这个，真是完美！”

我们去的不是卡斯尔雷拘留所。这一程走得太长。我也不是回长基。因为我们走的不是高速公路而是曲里拐弯的路线。我的右脸颊贴在车底。车外壳没遭到任何投射物攻击，没有砖头，也没有土块。没有为了驱赶一大群不友好的孩子而突然加速。我们在新教区。

我塑料袋套头、两眼一抹黑下了车。有手扶着我，但并不强制。男人的说话声，女人的说话声。一扇门，另一扇门。没有铁栅栏，没有咣当作响的锁，也没有钥匙，这是一条人们自由来去的走廊。我感到封闭小房间里才有的声场。牢房让我熟悉了这样的声音。一把椅子够到我的小腿肚子。一个手势降临我的肩头。暖气的温热。我坐下了。

他们松开我的手，摘掉我的头套，好一会儿，我都眯着眼睛。日光灯太刺眼。墙上，一幅表层剥落的画，画中是所医院，还有一张阿尔弗雷德·希区柯克的电影《鸟》的海报。窗户有铁栏。窗外是我无法识认的建筑物。雨滴在窗玻璃上敲打得紧。

“来杯茶？”

我面对着一张宽大的桌子和三个人。没人穿着制服，都是便衣。我有个往后退的动作。他们的英国口音让我首先想到亲英派。

“还是咖啡？”

说话者脱下他的羽绒服，视线却没离开过我。他一头红发，唇须如灌木丛，左眼深陷在眼窝里。第二个人非常瘦。第三个一头发白。他望着窗的方向。他在观察着映在窗玻璃上的我。我们的目光碰到一起。

“我为什么在这里？”

椅子和温暖不是敌人对待我的习惯。我知道如何在拳打脚踢中保护头部，知道如何在监狱里求存，知道如何忍受辱骂和尖叫。我知道如何面对他们的暴力，却在他们的平静面前不知所措。瘦子递过来一杯茶，等待我的反应。我喝了，看都没看一眼蓝色彩釉上微笑的女王。

“我们知道关于你的一切。现在，让我们来告诉你一些事情。”

窗前的男人转过身，坐到桌沿上。

“我，史蒂芬·佩特里，英国反间谍机关军情五处官员。”

我站了起来。

“我什么都不想知道!”

他露出微笑。

“坐下，蒂隆，没事。”

他指向倒茶人。

“这是政治部的威利·瓦利斯。”

那人轻轻点头。

“还有阿尔斯特皇家警察的长官弗兰克·康格里夫。”

红发人同样彬彬有礼的动作。

“不过简单点说，你可以管我们叫‘官员’，‘间谍’和‘条子’。或者是‘RUC①’，如果你想客气点的话。”

我依然站着。

“我没有任何认识你们或称呼你们的理由。如果你们对我没什么要指责的话，就让我走。”

我没料到自己这般平静。他们不怕我，我也不怕他们。我感觉他们三人气场相似。军情五处的官员坐到我左边一张

---

① 即 Royal Ulster Constabulary，皇家阿尔斯特警察。

空椅子上。他开始讲。

“蒂隆，我来给你讲个美丽的故事。”

我交叉双臂。

“你们的孩子都喜欢听好故事，对不？仙女啊，精灵啊，诸如此类的东西……”

官员转脸向条子。

“你是这儿的，你们这里管精灵叫什么来着？”

“拉布列康。”

“对，就是拉布列康。”

我机械般地扣上睡衣的一粒扣子。

“然后，当他老了，爱尔兰人就梦想着烈士和英雄。”

官员朝我推过来一只烟灰缸。

“英雄，在这个国家很重要，对不对？我没说错吧，蒂隆？”

我没回答。他看着红毛条子。

“你呢？弗兰克。你认为英雄在爱尔兰重要吗？”

“至关重要，史蒂芬，至关重要。”

“阿尔斯特新教徒的话，”官员微笑着说。

他又转向间谍。

“威利？”

这人坐在椅子里朝后仰去。

“我想咱们的朋友觉得时间有点长。”

官员、间谍和条子三人分配了角色、问题，以及这间屋子里的地理方位。有时候，一个人的话由另外一个说完。或者他们互相抢话头。像是连沉默都是分配好的。他们迫使我在他们之间来回，从一个问题到另一个问题。我得不停地转动脑袋接受他们的注视。我被包围，头很晕，嘴边还有刚才动荡旅途留下的恶心。

军情五处的官员在观察我。他点点头。

“蒂隆，你和我们在一起觉得无聊？”

“完了吗？我可以走了？”

我把烟碾熄在皇家茶杯里。条子脸上有一丝不悦。他叹了口气，打开一个皮包。

“走？我们当然会让你走。但走之前，我希望你先看一眼这个。”

他从皮包里拿出一个塑料袋。一个透明的小袋子就在我面前。里面，是三颗被压扁的子弹，因为经受冲击而变形，还有一张折叠起来的硬纸标签。

我坐下来。我的腿不听使唤。

“蒂隆，打开袋子看看。”

我把双手在腿上蹭了蹭。我在出汗。

“你害怕子弹吗？这可不太像你啊，密汉。”红毛警察说。

他把子弹散落到桌上。

“拿吧，拿一颗。”

“好印上我的指纹？你们当我是傻子吗？”

官员笑了。

“你认得这个口径吗？”

我耸耸肩，伸出手。

“45ACP弹，蒂隆。汤普森冲锋枪的子弹。”

警察站起身。他把一颗子弹放到我的掌心。

“你开始明白为什么你会在这里了吧？”

我看着手心的铜块，摇摇头。不。我不明白。

于是他把发黄的标签打开，放在我的茶杯旁边。

红色的字：达尼·芬利，69年8月14日。

子弹掉下，它像沙子一样从我指间滑过。

“我的天，”我说。

我双手交叉抱住自己的脖子，手肘朝上，前臂捂住耳朵，闭上眼睛。我低着头，张着嘴，下颌骨阵痛。我呼吸困难。我听得见自己的心跳声。我身处多尔普尔巷，瓦斯弹的烟雾中。

“达尼没有受苦。他几乎应声而亡，”红毛说。

我们的街道。路障。他睁圆的眼睛。他感到意外。

“你的第一颗子弹打在他心脏附近。另外两颗分别是从髋部和腿部取出来的。”

“你们什么都不知道，”我自言自语。

“一切，蒂隆，我们知道一切。我们的人当时就在人群里。你开枪的时候，有两个人就在现场。他们亲眼看见了一切，”间谍信誓旦旦。

“踉跄，开枪，”条子补充道。

“对，踉跄，开枪。这是个意外，蒂隆，我们都知道。”

我的手在颤抖，像在监狱里。

“甚至在找到武器前我们就已经知道了，蒂隆。”

“然后就有了那首歌，”官员又说。

他扭头向政治部的人。

“这歌怎么唱来着？你还记得吗？威尔。”

那人点点头。

“是的，我记得！”

然后他开始哼：

达尼为爱尔兰倒下
卑鄙的人将他杀
但他愤怒的战友
用一杆老汤普森枪
将凶手送往地狱

“‘他愤怒的战友’！这句写得真好。”官员笑着说。

“不瞒你说，这首歌开始在酒吧里流传的时候，我们乐了好一阵，”警察对我说。

官员双手揣到兜里。

“的确。看着葬礼当天他的寡妇为凶手鼓掌，这种感觉很是奇怪。但是你知道吗？我们决定什么也不碰。顺其自然。不要触犯人们的信仰，这点很重要。”

“实际上，你制造了一个理想的烈士，而我们协助你成为完美的英雄，”条子补充道。

他们笑起来。我依然双目紧闭。

“仔细听着，蒂隆。”

军情五处官员坚定的声音。

“看着我。”

我重新睁开眼睛。彩色斑点在灯光中跳舞。

他在我身边蹲下。

“要么，你从这里出去，把这一切跟爱尔兰共和军招了，要么，你就跟我们一样，不要触碰这个美丽的故事。”

条子递给我一杯水。我盯着那张电影海报。一幅写实的画。一个女人，被群鸟攻击，抱着头尖叫。“可能是有史以来最恐怖的电影”，广告词如此写道。恐怖。我一点也没感觉。不觉冷，不觉热，不觉怕。我被掏空。我喝了水。水在我肚子里溶出个洞来。雨滴敲打着窗玻璃。我看了看我的睡衣和踩在他们地上的光着的脚。我什么都不是。他们同时跟我说话。

“十年后坦白，这可是极其冒险的，对吧？”

“最好还是让烈士和英雄过他们的太平日子，你说呢？”

我又要了一杯水。

“你们想怎样？”

我的声音，喉咙干哑，嘴唇滚烫。

“保护你，蒂隆。”

“他妈的，回答我！”

“想让你帮我们。”

“别想！”

“蒂隆，想想希拉。这个处于战争中心、正直又脆弱的女人。我不确定她在阿马监狱会过得愉快。”

“还有杰克？你的儿子，密汉？只需一个签字，我们就可以把他送到本土去服刑。”

“你能想象吗？蒂隆。一个爱尔兰共和军的人？一个他妈的天主教徒？一个英国佬的杀手被扔到挤满杀人犯的苏格兰监狱里？”

“还有你，你这家伙真想回粪堆里吗？”

军情五处的官员站起来。他向另外两人示意。

条子出去了，随后是间谍。他站在敞开的门口，独自面对我。他低声说着。温和的声音。

“爱尔兰共和军不是到处宣称它要和平吗？我们也是，我们也要和平。这个和平，我们要一起来争取，你和我们，蒂隆。”

“我不是叛徒。”

“谁跟你说背叛？恰恰相反，你将要做的是非常伟大的事。你们总是说打仗是为了换取和平，而我提议，你应该向战争宣战。”

“都是胡说八道！”

“你愿意怎么想都行，英国官员微笑着。你完蛋了，密汉。与其认命，不如找个理由，不是吗？”

“混蛋！”

“无赖！恶棍！英国流氓！随你便。我只想说，和一个觉得被逼的家伙一起是没法把事情做好的。我更喜欢心甘情愿的人。你是心甘情愿的，密汉，对吗？”

“让我走。”

“我会给你带来全新的领悟。”

我闭上眼睛。杰克的目光，希拉的爱。

“当一个人为了成为英雄而努力奔忙，他完全可以接受诺贝尔和平奖，你不觉得吗？”

英国官员一只手按住我的肩。我感到来自他手指的压力。有些唐突，却令我平静。

“内疚糟蹋生活，蒂隆。我们要帮你摆脱。”

我们的目光相遇。

“而且你知道，你对达尼的死撒了谎，其实这条路已经走了一半。”

我双手抱住头。

“你自己单独待一会儿，蒂隆。不是让你思考，而是让你恢复理智。需要的话，我们就在走廊里。”

十四

一直以来，希拉有个习惯。她父亲在牢里的时候，她就已经和她母亲一起参加各种报纸和各大商店的问答游戏。她们填写问卷，赢得一些购物券，一条有绒里的睡裙，或者一只圣诞节的火鸡，诸如此类。我被监禁之后，我妻子重新拿起铅笔。在格子上打钩，在字典里找答案，把自己的名字投进广告信箱中。于她，那是一种等待的方式，杀掉我不在的这段时间。我在克鲁姆林期间，她赢得一柳条篮缝纫必需品，一套二十四件的银餐具，一只足球，一个闹钟，巧克力，还有优惠券若干。我从长基回来，客厅了多了一张全新的扶手椅，斯图亚特店里最便宜的那种。杰克被捕之后，她又重操旧业。有天，她回答了五个关于毛线编织的问题，得到了和她体重一样重量的毛线。

希拉对这样的命运没有怨言。她因为我在斗争而爱我，也培养了她儿子投身战斗。我们身边不乏扛枪荷弹或搜集情报的女人，但希拉选择了另一条路。她是活动分子，但不是战士。她和凯茜、丽兹、罗丝琳、乔尔、奥德、翠西，还有其他好多人，她们其实是我们抵抗运动的核心。她们为我们包扎伤口，她们坐在装甲车的车轮前高声歌唱，她们穿着围裙封锁街区，她们进到酒吧的最里头找她们的男人让他们振作。敌人进入聚居区，她们最早上前迎接。身穿居家服或者睡衣，有时还光着脚，跪在街道中央用垃圾桶盖敲砸地面，她们是我们的警报员。她们从未停止过为爱尔兰的自由而游行的脚步。她们一排三人，抱着家中入狱者的照片或逝者的花圈，没有哭天抢地，带领的是一支童车军。

要面对遗照中微笑的丈夫，要照料黎明回家的儿子，要在绝食的孩子咽下最后一口气时紧紧抓住他的手，得有一颗带刺的心。希拉正是这样的女人。

这天晚上，我从市中心回来，把一份问答游戏和信件放到了电话旁边。然后我等着。

那是一九八一年三月二日。我刚把装煤的桶拎进来，正跪在地摊上给炉子添煤。

“蒂隆，你说咱们上巴黎遛一圈怎么样？”

我停下手上的动作。心被碾碎。

“巴黎？”

希拉走进来，一边读着我拿回来的广告单。

“你经历了这么多事情。”

我抬起手。永远不要再提长基。

“听听这个！”

我回过头。她戴上眼镜，很美。

“‘这是您的梦想吗？桑德森来实现。为庆祝新店即将进驻您的街区，桑德森为您提供周末巴黎双人行的机会。巴黎，世界上最浪漫的城市！’”

我转身背对着她，继续往炉里添煤。

“你能想象跟我一块儿去巴黎吗，weeman？”

“小男人”。从小她就这么喊我，只要是我们两人独处的时候。希拉比我高一头。

我关上炉身的门。

“连问题都没有。是抽签！”

她坐到桌旁。

“巴黎啊！你能想象吗？”

她高声又读了一遍，然后填好礼券。

我套上外衣，戴上帽子。

“你要出去？”

我说对。她从来不问我要去哪儿几点回来。战争并没有在我们家门口止住脚步，她很清楚。我每次出门前，我们都默默拥吻，互相注视着，她的微笑里充满期望。

“如果你经过邮箱，能把这个投进去吗？连邮票都不用。”

到了街上，我打开广告单，看到我妻子的字。

希拉和蒂隆·密汉　哈罗大道十六号　贝尔法斯特。

她的蓝色小字，她惯有的在名字下面加下划线的方式。走到多秋路时，我有些呼吸困难。我点了支烟，把帽檐使劲往下压。我仔细地把写有我们名字的那块纸撕下来，放到嘴里咀嚼，然后把礼券撕成碎片，从围栏上方撒进公园里。我走进“忙碌的蜜蜂”酒吧。熟悉的人群。面孔，目光。友好的示意，点头致意，耳边的问候，搭在肩上的手。

他们看不到叛徒。但是他们怎么能认不出来呢？这个词简直就在我脑门上刻着。我决定，喝。我独自待在吧台，坐在高脚凳上。吧台上方的三色旗旁边有一张海报，是一名共和军志愿者的照片，他身穿迷彩服，蒙面，手中握着汤普森。

迷失的语言以生命为代价

的士上

电话中

俱乐部还是酒吧

足球比赛里

在家中和友人一起

所有地方！

不管您说什么，什么都不要说。

我熟悉这样的警示。它是我们日常生活的一部分。有一天，一个小男孩试图撕下一张这样的海报，被我制止。他只是想在自己房间里贴一张，仅此而已。我几乎是一口气喝了第一扎啤酒。然后是第二扎。第三扎。吧台侍酒的保罗看到前一杯喝了一半就给我倒下一杯。我没提任何要求。他知道今晚是不醉不归。几个小时后，他就得自己数我手里的硬币，收最后一杯酒的钱。我们在克鲁姆林待过同一个牢房，还有帕迪·莫罗尼，他正在大厅的另一头喝着威士忌读报纸。我的视线与海报上蒙面战士的视线碰到一起。我低下头。

我这一辈子都在找叛徒。真的，一辈子。直到那天，我一直都有一颗哨兵的心。一进到某间俱乐部里，我先要扫视全场。这必然是我的第一个动作。希拉径直走向我们的桌子，而我停留在门槛处。她知道。我挨个看过去，看脸，看群体，观神色。然后我会去敲厕所的门，好知道里面都是谁。一有陌生人进来，我便派人跟着。往往都是些外国拥趸，支持我们事业的游客，跑来近距离呼吸战争的气息。接着我便背靠墙坐下。自打到了贝尔法斯特，我从来没有背朝门或窗坐过。那是汤姆·威廉姆斯教我们的。

“死亡应该迎面而来，”他说。

整个晚上，我都在观察。我喝着酒，像其他人一样谈笑，但脑子里一直闪着警报，腹中藏着不安。我喜欢这种紧张。时间一分一秒过去，我的神经绷得越来越紧。

“英国佬！”

我酷爱他们的到来。那是纯粹的挑战时刻。放风者看着他们的装甲车驶来。看门人在路边拖住他们片刻，厚重的铁栏外头，酒吧白色的射灯投在他们身上。我们在监控屏幕上看到他们，脸上不太骄傲。电动锁舌在锁槽里响起的当口，桌子上的杯子迅速换位。一位执勤中的志愿军士兵，从一开始就对着他的橙汁百无聊赖，面对邻座推过来的啤酒卖起了醉。英国士兵观察着这一切。酒水饮料，人们的动作，地上的包。他们在椅子间穿行，辨认每张面孔。他们在寻找逃犯和不良分子。我们从不和他们有目光接触。有时他们还会找点乐子。

“吉姆，你把小胡子剃啦？这样更好。”

吉姆·奥列瑞忍住没一口啐在地上。

没有乐队演奏的时候，俱乐部里一片寂静。鸦雀无声。没人说话，没人笑，没有任何摩擦的声音。只有地上敌人的脚步声。但是，如果音乐被闯进来的士兵打断，这时歌手就会走到麦克风前。

“女士们，先生们，爱尔兰国歌。”

整个大厅起立。年轻的，年老的，路过的神父，为学校联欢会募捐的小姑娘，暴躁的民族主义者，业余的共和派，不信别的只对耶稣复活深信不疑的天主教徒，共和国的战士，三明治店的外送员，服务生，洗碗工，正在离开已经一脚踏出门槛的人，所有人齐齐立正。敌人和我们的战士擦肩而过。他们很清楚。

有一次，我的目光撞上了他们其中一个的眼神。那是个苏格兰男孩，戴着饰有红白翎毛的橄榄帽。他的枪在颤抖。他的出现在一堆银质卷发器、红唇、拐杖、褪色的外套、握紧的拳头和周六晚的裙子中间显得很不合时宜。他看了我很久，然后用眼神道了歉。他很抱歉。我知道，我敢肯定。从我身边经过时他皱起眉头嘟囔了几句。身上的制服成了他的负担。他后退着走，英国兵们瞄准我们的窗户时就这么做。他撞到一张桌子。一只杯子掉下。他把杯子捡起，回到自己的人身边，整了整防弹背心。

“脏猴子！”一位妇女骂了一句。

我冷冷地看了她一眼。那位士兵是个黑人。

帕迪·莫罗尼给我买了睡前威士忌，老板喊该回家睡觉的时候，就来杯威士忌，倒进吉尼斯啤酒里。我喝醉了。我在街上两辆车中间撒了泡尿。我的苦水满溢。夜很黑。起风了。经过公园时，我看见草坪上承诺巴黎之旅的纸的碎片。希拉会赢得这趟旅行的，我知道。几天后就会有个电话打过来向她宣布这个重大消息。她手持机票光彩照人的相片会登上《安德森镇日报》。她会收拾我们的行李，为一切操心并狂喜着。希拉从来没出过国。我也是。我们所知的世界，仅限于我们的街道尽头。

我看着黑山上空的云。这个城市并无敌意，这里的天空也如此。仍然是我的城市我的天空。我还可以迎接他人的目光而不低头。但我知道，再过几天，这一切都会结束。

我曾经很想向爱尔兰共和军和盘托出。然后我又很害怕。但不是怕死。我生活在达尼的惊愕之中，坦白是请求他的原谅。如果我能肯定爱尔兰共和军会按我的意思行事，也就是说，会对我进行审判，和我一起粉碎这个形象，从它的历史上撕下光荣的一页，那么我会坦白。但我能肯定的却是相反。我们的头儿不会去冒真相的险。我还记得参谋部的人来我病房的那次探视。烈士达尼，英雄蒂隆。绝对不能阻挡我们历史的前进。我怕的是这个。害怕白白说出真相，乞求宽恕。我的敌人利用谎言？那是他们的秉性。但我不能接受这样的事发生在我的头儿们身上。

于是我独自对着供认的真相，无处诉说。爱尔兰共和军会将我牢牢牵制，英国佬也一样。军委会会强迫我和敌人合作。他们会把我变成双面人，对一方撒谎，对另一方也撒谎，两个阵营都是险境，两头都遭鄙视。这才是我害怕的原因。不再能凭信念为共和国效力，而是要靠要挟。从战士变成受害者。

我一连好几夜睡不着。然后有天早晨，闹钟响起，我做了决定。我决定欺骗我的人民，为的是爱尔兰共和军不必这么做。背叛我的阵营，实则保护它。背叛爱尔兰共和军，是为了保全它。

“接受背叛的前兆。”

我心里重复着这句话，摇摇晃晃往家的方向走去。那是我新念珠串上的黑珍珠。我在多秋路低处碰见吉姆·奥列瑞。二营的三个人紧跟着他，却装作互相不认识。他们正在执勤。赶时间。匆匆眨眼致意。

我得和英国佬谈条件。决不能让吉姆或这仨蹲监狱。不能有逮捕，不能有受害者。我要为和平做贡献，而不是要平添苦难。我不是警察，而是一名爱尔兰爱国者。我得有担保。

“担保。我要担保。”

我高声说话。尿意又生。看到酒吧里的海报我打了个寒颤。这一次，四下的墙说的是我。叛徒。叛徒。叛徒。我得找个别的词。或者告诉自己，一个叛徒其实也是战争的受害者。我经过家门，继续向前。在深夜的街上再兜一圈。我听到某个收音机发出金属感的沙沙声。士兵们躺在某个花园的篱笆和彩色小矮人后面。他们的脸和手涂满了黑色的面霜，黑暗中只剩眼睛。嗨，伙伴们。欢迎你们，我的新朋友。

“你若同意为我们工作，那也是为了你的名声，而不是性命，”那个英国警察这么对我说。

他说得对。我不想毁掉蒂隆·密汉的高大形象。我压根也不在乎爱尔兰共和军。这个为了不背叛而背叛的故事只是说给自己听的寓言。我突然害怕自己身上的这个叛徒。我让自己恶心。这辈子我一直在找叛徒，未想最糟糕的那个就藏在我肚子里。我都没看到他到来。我从来没注意到他。他那副嘴脸，他软趴趴的鸭舌帽，他磨破了的外套。他撞到柱子上。他莫名地笑。他把整个晚上呕吐在墙上。他大骂过来帮他的人影。他在路边滑倒，摔跤，艰难地站起。他已经是孤身一人。他变成了一个混蛋，跟他父亲一样。也就是说，终究，成了一个无足轻重的人。

*

另一对夫妇和我们一同赢得法国之旅。弗兰克和玛格丽特住在安特利姆郡的海边城市拉恩。

“新教徒，八成亲英，不过人很有趣，”希拉说。

在去伦敦的飞机上我们同行。去巴黎的航班上也是。希拉的位置靠窗。玛格丽特的位置也靠窗，就在我们前排。起飞阶段一结束，她就双肘拄在她的座椅靠背上和我妻子说话。三言两语，一则故事，重新坐下，又嘴角带笑再次出现。

“她有一点点迷人的英式口音，”希拉笑着说。

她是如此幸福，其他一切都不重要。舷窗之外，我们看到城市、悲伤的街道、哈兰德和沃尔夫造船厂的港口、潮湿的耕地、石砌的矮墙在消失，最后是无边的海。她以为是她自己把手伸给我，其实是我握住她的手。我们第一次坐飞机。起飞前玛格丽特给了她一颗糖。

“那么，两个从贝尔法斯特来的年轻人在巴黎度蜜月。有天晚上，他们在香榭丽舍大街上走着，突然，四辆警车、三辆消防车和两辆救护车冒了出来，都打着警报器。丈夫抓住年轻妻子的手对她说：‘听到没有？亲爱的，他们在奏我们的曲子呢……’”

希拉笑了。我有多久没见过她笑。

“如果她打扰到你们，别不好意思告诉她，”她的红发丈夫插了一句，“二十多年来我都是这么做的。”

“一点也不，您的妻子非常讨人喜欢，”希拉回答。

对她来说，我们街道之外的一切都很讨人喜欢。飞机上的三明治是她吃过最好吃的三明治之一。金枪鱼和蛋黄酱，普通得不能再普通。既然我们要去的是法国，她要了一小瓶塑料瓶装的白葡萄酒，好喝到她要把空瓶留着做纪念。

“叫我玛吉吧，”我们的旅伴提议。

那是一九八一年四月二日星期四。距离撒切尔眼看博比·桑兹死去有三十二天。

“这可能有些困难，”希拉微笑着说。

对方抓起我妻子的手握在手里。

“老天，瞧我在想什么呢？请原谅！”

讨人喜欢，的确。而且我们事先已经约定旅途中不提政治也不谈宗教。瞧，他们还和我们一起游览巴黎圣母院。玛格丽特侃侃而谈。她跟希拉说得组织一个女人的聚会，只有她俩。她问她是否喜欢歌剧。希拉微微笑。是的，可能吧，她不知道。

玛格丽特得知自己中奖之后便给她住在巴黎市郊的姨妈打电话。她想知道四月四日晚巴黎歌剧院上演什么。是理查·斯特劳斯的《阿拉贝拉》。蜜月的时候她在德国看过这出抒情歌剧。最后一幕中，阿拉贝拉给她心爱的男子端来一杯水。在克罗地亚人们都是这么求婚。好几周里，玛格丽特每天早晚都给弗兰基端来一杯水，那是他们之间的游戏。当她知道这部戏在巴黎上演，她便让她姨妈给她订了两张票，但弗兰基却回答他去巴黎可不是为了被关进电影院里。

"歌剧院，"玛格丽特纠正道。

他嘴里嘀咕了声。不。如果蒂隆允许，而且希拉又愿意的话，不如，她们俩去？先生们可以去皮加尔透透气，或者去个夜总会？希拉跷起大拇指。对啊！可不！听听音乐，看看漂亮的服饰装潢灯光，两个小时里，忘掉砖墙和恐惧。

弗兰基叫好。他逃脱了歌剧院，我们可以有属于爷儿们的几小时。他给大家买了啤酒。空姐找了法郎给他。他看着一枚闪亮的银色硬币，微笑着将它递给希拉。

"您会感觉巴黎就像自己家。"

希拉一下子没明白。她接过硬币。

法兰西共和国

"拿着吧，和平的小礼物，"红毛警察轻声说。

希拉解开安全带，站起来亲吻他的脸颊。

“这个价的话，我出十法郎给您！”

说完他放声大笑，玛格丽特也是，希拉也是。

我肚子里却像打了个结。桑德森店的抽奖是个骗局，是个战争的计划，是个圈套。从来就没有什么大商场要在我们街区盖分店。几百张奖券是英国人印的，但根本没人去清点。获大奖的只有蒂隆和希拉·密汉。

飞往巴黎的飞机上载有一名北爱尔兰警察，一名军情五处政治部的女特工，一名未来的叛徒和一位勇敢的女人。这是军情五处的主意。我接受了。我回到家中把奖券放在电话旁的时候，是对希拉的第一次背叛。

周六，两位女士去歌剧院，而我将变成英国探员。我感觉整架飞机是情报部门的包机。在我眼里到处是间谍和士兵，每张报纸后面都是一个佯装读报的叛徒。

“我们第一次真正接触会在巴黎。没人认识，这样更安全。您也可以顺便度假，”军情五处的官员说。

他还说我以后时不时会再来。

“蒂隆？”

妻子的手抓住我的胳膊。她让我看地面，透过云团之间的洞隙。她眼里含着泪水。飞机飞越巴黎上空。城市在机翼下震颤。我系好安全带，抬头撞上她的目光，她不出声地询问。

“有什么不对劲吗，小男人？”

我微笑着摇了摇头。

“一切都好，大女人。”

我们互相凝视。她把嘴唇凑到我耳边，轻轻说：“我爱你。”

我说我也是。

*

英国人选择让我们迷失在人群中。他们知道一九八一年四月四日这天巴黎有游行。我们混入熙攘吵闹的队伍中。巴黎的游行跟我们的游行没有什么相似之处。没有孩子，没有花圈，也没有士兵。有的是气球、哨声和歌声。有些男人戴着女式帽子，有些女人系着男士领带。我不是特别自在，但也还不至于局促不安。我戴着鸭舌帽，身穿粗呢上衣和带棉里的夹克，裤子有点短，怎么看怎么不像这座城市的人。

红毛警员在我左边，军情五处的特工在我右边。我们正常交谈，口中的外国语言被周遭的嘈杂保护着。天很好。我的两个敌人都戴着墨镜。

“蒂隆，你没资本谈判，但我们会考虑你的要求。”

这是军情五处的人在说话。

“如果以要挟或强迫出发，没人能成为好特工。受威胁而行动的，两条情报之后就得崩溃。我们想跟你建立起另外一种关系。”

“我们希望你在里面找到自己的好处，”警察补充说。

“我的好处？”

我耸耸肩。一个男孩边走边吹着小号。

“对，你的好处。我不是说乐趣，但是至少是一点满足感。”

“你的合作不会造成任何人被捕，也不会有人受害。你提供的情报会用来救人命，而不是害人。”

“这是承诺吗？”

警察看了我一眼。

“我保证。”

路边，两个年轻人对着我嬉笑接吻。我拉低帽舌挡住眼睛。

“从现在起，我是‘瓦尔德’。这是我执行任务时的名字，也是你唯一能使用的，”特工说。

他用眼角的余光瞟我。

“重复一遍。”

“瓦尔德。”

“我从利物浦来。到贝尔法斯特才几个月。那一片我不认识任何人，也没人认识我。这是保障。我的匿名会保护你。”

人群越来越密集。

“如果我出了事，你的联系人将会是‘多米尼克’。”

“多米尼克？”

瓦尔德示意红发条子。

“你要忘掉他叫弗兰基。”

我呆若木鸡。麻痹。顺从。迷失在巴黎，在一堆无法理解的标语和阵阵笑声中。我正在背叛。我是个**brathadóirí**，盖耳语里的密探。一切正按部就班展开。我曾经想象这一刻应该发生在一间四面灰墙的静谧房间中，而此时身边却是异彩纷呈。

“蒂隆，你，你叫‘男高音’。”

“唱歌的？”

“唱歌的。”

“瓦尔德和多米尼克也都是《阿拉贝拉》里的人物，我们的妻子今晚要去看的《阿拉贝拉》，”警员说。

“你的妻子？”

“还有更艰巨的任务吧。不过我们分床睡。”

我笑了。自从那次假冒拘捕之后我第一次笑。真正的笑，仿佛突然打了个响嗝。特工和警员互相对视，被我无意瞥见。他们松了口气。我在陷阱深处，一个有着光滑岩壁的大洞。没有任何东西能帮我重返地面。他们将我牢牢抓住。我属于他们，他们心里很清楚。瓦尔德用手肘捅了我一下。过一会儿，我们去喝一杯，聊点别的。

我们到达波布尔博物馆[①]前的广场时，我已经把该知道的都知道了。我要记住两个电话号码。由我联系瓦尔德。电话里永远不要透露任何信息。只要说“男高音”，这是第二天在通电话的这个钟点见面的暗号。见面地点有两个，分别有编号。第一个，是克里夫顿街的公墓，在贝尔法斯特北边。这

① 指蓬皮杜中心。

不是天主教徒常去的街区，但公墓很安静，有两个入口。军情五处的特工研究过我的日程，有了这个主意。近十年来，每到七月，我都会四处演讲，纪念亨利·乔伊·麦克拉肯，长老会教徒，和沃尔夫·汤恩、罗伯特·埃米特同为爱尔兰人联合会的创始会员。我在爱尔兰各地奔走，上一年在都柏林，这一年在科克，下一年在利莫里克或贝尔法斯特，面对或人头攒动或零星听众。这都无所谓，我的任务是让他的名字在年轻一代面前响起，让人们记得爱尔兰共和国之父是新教徒。

英国人提出让他为其他爱尔兰反叛者做不利证明，换取性命，被他拒绝。于是一七九八年七月十七日，他被处以绞刑，随后葬入克里夫顿公墓。我经常去他墓前和他对话。一个人去。我跟他说起像贫民一样被埋在克鲁姆林监狱的汤姆·威廉姆斯。我跟他讲达尼·芬利的事。我寻求他的建议。亨利·乔伊·麦克拉肯借清风之语回应我。

没人会因为我出现在墓园而感到奇怪。墙边有一隐秘之地，正好被房子的一角挡住。那是我们碰头的地点。一个叛徒，站在一个因为不愿张口而被处死的人的坟墓上。

第二个碰头的地点是市中心的邮局。更暴露，却也更匿名。走进邮局并非可疑之举。去公墓交换信息。上邮局交接文件，无需对话。

还有巴黎。我可以来喘口气。这里我很安全，可以无所不谈。

“无所不谈，谈什么？”

“政治，”瓦尔德回答。

“政治？”

“你们党的内部消息，你们的纠纷、决定什么的。也可以说是解读，如果你要想这么说的话。”

“我什么都不想。”

他做了个小动作，意为“行了，知道了”。

“在巴黎，会是你们吗？”

“不，你会见到‘奥诺雷’。”

“奥诺雷？”

“我们的大使馆在福布尔圣奥诺雷街。”

“而且我敢肯定你会喜欢那家伙的，”警员说道。

情况紧急或事态特别严重时，我得回家，说“男高音嗓子哑了”然后等着被捕。我会时不时被带去问话，跟我们街区的一些人一样，这也是事先约定的。按照“特别法”规定的那样，关个七天，我可以有时间喘息，分析总结，再被放出来，尽量做到不引起猜疑。

我忽然间感觉四肢僵硬：在我面前，两个女孩正在亲嘴。我从来没见过这个。没人在看她们。她们互相抱着，吻着。

“这是个同性恋游行，”瓦尔德笑着说。

“同性恋？”

我看了看周围。男人们手牵手，女孩们高举拳头，陌生的口号。一个小姑娘从我身边经过，把一个玫瑰色的三角图案粘到了我的夹克上。

“真好看，”红毛笑语。

我把贴纸扯下来。犹豫片刻，又粘上去。

夜色初降，我们在某个露天酒吧刚喝完一瓶啤酒。“你难道不想把这个撕掉吗？”瓦尔德问。

红毛嘟囔了一句：“这没意义。”

游行已经结束好一阵子了。那两人似乎被周围目光所困扰。我说不。脱口而出，不是挑衅，也不嘲弄谁。我不在乎这个三角，但它告诉他们，我并没有被打倒在地。

“为我们的妻子、我们的女朋友，但愿她们永远不要相见！”瓦尔德举起啤酒杯。

“为希拉，”我答道。

晚上，我回酒店见到希拉。她度过了一个美妙的下午。我跟她讲两个女人接吻的事，她笑着在胸前画了十字。她让我坐到椅子上，自己进了浴室。出来的时候她手里端了一杯水。然后她走到我面前，把水递给我。

十五

基利贝格斯，二〇〇六年十二月三十日

昨天上午有人来看我。一辆汽车开过小桥后停下。我正在井边，为晚上准备水。我听到倒车的声音。我把桶放在石井栏上。车门关上。我后退着回到房子里。这些年我一直留着申阿纳的板棍球棍，如今它藏在我的扶手椅后面。我用绳子缠了个把手，还做了个皮穗子，拿起来更顺手。加工的时候我暗自发笑。我想象某杀手被一个挥舞着二手警棍的八十一岁老头吓一跳。

我向后退，眼睛盯着路口。我听到路上有沉重的脚步声。我第一次感到害怕。

*

不到十天之前，爱尔兰共和军在都柏林市郊审问了我。在我对面的是麦克·奥多勒和爱尔兰共和军反间谍部门的一个老家伙，我不认识他。我只承认了为英国人当联络员，没别的。我已经在新闻记者面前说过了，我在原来部队的兄弟面前又重复了一遍。其他事情跟他们没干系。

如果没有和平进程的话，我肯定会在边境线附近后脑勺中枪挂掉。但爱尔兰共和军已经放下武器，我的命运也是践约的一部分。他们不会杀我。他们有杀我的军事手段，却没有政治可能。而且我要他们为可能在我身上发生的事情负责任。我决定不逃。我留在我的国家。我要他们知道。

“我回家，回基利贝格斯，当尼戈尔郡。”

“闭嘴，密汉！”老头喊道。

他显得吃惊。

“现在你们知道了。”

“我们什么都不想知道。”

可惜啊，他们知道了。他们中了我的圈套。我不再是他们的士兵，也不是阶下囚，我把自己置身他们的保护伞下。如果我被杀，不管是被亲英派还是英国人还是手拿猎枪的民族派，爱尔兰共和军都将成为千夫所指。任何反驳都会无济于事。和平进程也将就此结束。如果共和派想保护谈判的话，他们就得让我活着。

“现在，我干什么？”我问。

“你自己想办法吧。”

我大吃一惊。

“麦克·奥多勒，你这是签了我的死亡判决书，你知道吗？”

他关掉记录审问过程的摄像机。

“你之前就应该想好，蒂隆。我们现在对你是无能为力了。”

*

一个男人走在路上。小个子，很强壮，白色的头发剃得很短，眯着眼睛。他肩上斜跨着一只包，两手空空。一看到我，他就停下来向我示意。

“蒂隆·密汉?”

我在门口停住。

“您是蒂隆·密汉吗?”

“干什么?”

“杰弗里·科尔，《当尼戈尔哨兵报》。”

我对他做了个手势，命令他不要再靠近。

“您是怎么找到我的?”

“查，问……”

一个记者。结尾的开端。他远远望着房子。

“我能进去吗?”

“不能。”

“我能靠近点吗?”

“您想要什么?”

“您打算一直在这儿躲着吗?”

他一点点往前挪，像小孩儿准备逮鸟。由于自重不轻，他在车辙里走得踉踉跄跄，气喘吁吁。

“我没有躲。我只是希望别有人来烦我。”

“您会留在这儿还是去别的地方?”

“我哪儿也不去。请您离开。”

“最近这段时间大家都在谈论您。”

“您没看到吗？我在荒郊野岭，我没伤害任何人，所以请您马上离开！”

这家伙很大声地吸了下鼻子，朝我的门投来欲进不得的痛心目光，然后举起一只手，走了。

“谁给您地址的？”

他做了个手势，头都不回。

“给？卖还差不多！”

“谁？”

“您的朋友，蒂米·高穆里。”

我摇摇头。蒂米·高穆里。我大声重复。“码头之王”。我算了算。这是近六十五年来我第一次听到这个名字。我离开基利贝格斯的时候，这个团伙小头目天天找约什·伯恩的茬儿，就是那个脸上有麻点的精灵。这么多年过去，约什成了神父，蒂米依然是个流氓，而我，什么也不是。

我等着听到车门合上，汽车开走。我回到屋里。火已几近熄灭。我在身上的毛衣外又套了一件。然后突然感到晕眩。我在桌子旁坐下，脑子里回放那个记者的画面，他走在路上时奇怪的平衡，侧着身子，左胳膊放在背后。我一动，他也跟着动。我没觉得他可疑，但是很诡异。突然，我恍然大悟。那个包，那个姿势，手搭在背后是为了不挡镜头。他在拍摄。我被拍了。他窃取到我的农舍，松树，周遭，我胡子拉碴的脸，我疲惫的眼睛，不够长的裤子，过大的毛衣，沾满泥的鞋。我还心想他这么快气馁，其实他根本没放弃。他既没掏钢笔也没拿本子。他来的时候就想清楚了，我是不会跟他谈心的，他不能带回编辑部零星供词或半点牢骚。他来偷的不是我的言语，而是我的样子。

我没吃晚饭。《当尼戈尔哨兵报》拿影片做不了什么。那个记者会截出一张图做头版，剩下的卖给电视台。我知道。我敢肯定。我也没睡觉。我待在桌子旁，脑袋架在胳膊上，肩头披着夹克，看着蜡烛的火焰在舞动。

这天下午，我没能踏进慕林的门。我走到桥街时，两个男人撇过脸，一个女人躲到马路另一边。酒吧老板在门口等着。我喝酒的时间到了，他知道。我放慢脚步。他横在入口处。我用眼神询问他。

“我们不想惹麻烦，密汉。”

“什么麻烦？”

“你上报纸和电视了。你知道，我们都是简单的人。这些，对我们这个小地方来说太严重了。”

我把手揣到兜里。我放弃。

“到商店里买些啤酒回家喝吧，这样更好。”

门开了。有人出来。他戴上帽子，向老板致意，刻意不看我。他身后是挤满人的大厅。我父亲的桌子不在，衣帽架也不见了。他们把香烟贩卖机挪了地，它占了我的位置。

“抱歉，密汉。”

他不抱歉。我认为他并不抱歉。他走进他的酒吧里。我又看了一会儿，最后一回，趁着门拍打着在他身后关上之前。深暗的木饰，老吧台，镀金的灯具，高脚凳，浮雕，红黑的天花板，大厅深处的拳击台，铜制的啤酒龙头，一股股热气，还有人们说笑的回响。我没有立即离开。我穿过街道，在对面背靠墙站着。我希望门再打开。

“来啊，蒂隆·密汉！到这儿来！喝上最后一杯啤酒做纪念吧。老样子，小圆桌，分三次打！问候你的父亲，也向你致敬！纪念那个不敢踏进酒吧、不敢穿过大厅的小男孩，他被烟熏得直咳嗽，他在大人们递过来的大杯子里抿上一口啤酒沫，他听帕特里克·密汉高歌，他来领醉酒的父亲，在黑夜里一步步带他回家。蒂隆·密汉，为你干杯！赶在天上地下所有的蒂米·高穆里来扒你的皮之前！”

我买了瓶威士忌，走在他们的城市里。我一直走到了防御塔。天很冷。草丛里，荆棘丛中，树梢头，矮石墙上，到处是霜。有天，父亲跟我说妈妈应该住在一座城堡里，如果她操劳过度的话，那就是因为我们。我们，她的孩子。那时正值盛夏。下着咸咸的小雨。他把我带到防御塔来。他走得很快，也不等我。我们到了那里，他坐到岩石上，面对废墟。他给我讲了城堡的故事。有位女子在这里生活，她很美，她的丈夫，很幸福，一位伯爵，或是王子，我记不清了，总之是有工作的人。第一个孩子出生的时候，城堡主塔塌了一角。第二个孩子，第二堆石头落下。家庭越壮大，塔坍塌得越厉害。终于有一天，王子愤而离去，公主也被屋顶一块巨大的落石砸死。

“孩子们呢?”我问。

我父亲站起身。他迈着父亲的步伐，走在我前头。

“孩子们? 他们变成了乌鸦。”

他手指一挥，指向空中一只黑色的鸟。

“瞧，它，是弗朗西斯。”

我迈着胆怯的小碎步跟在后面。我轻轻地哭。我不想毁掉我们的房子。我不想爸爸离开。我不想妈妈死掉。我不想变成乌鸦。

那年我六岁。

十六

基利贝格斯，二〇〇六年十二月三十一日，星期天

希拉带来一张斯特拉班的白纸桌布。自从我来这儿之后，她就搬到了斯特拉班和她的一个朋友住在一起。来之前她准备好我们的年夜饭，一大盘香肠和土豆泥，用我野营的小炉子完成最后的加工。除了香肠和土豆泥，希拉还加了腌洋葱、豌豆泥和薄薄的黄苹果片。

我负责摆桌。两只盘子，两只大茶杯，用来盛酒。她搁了一瓶白葡萄酒在屋外，贴着外墙。吃饭的时候会冰得恰到好处。她还给我带了六瓶啤酒，给她自己带了金酒。我切了褐色的面包。一人两片，外加一小方块黄油。我望着她的背，弓在唯一的炉灶上。油的气味使整座房子都温暖起来。我聆听着妻子的动静。她一如往常的动作。眼神相遇时，她就微笑。不是小姑娘或母亲的微笑，也不是女斗士的微笑，是一种上了年纪的微笑，我以前没在她脸上见过的笑。

我们没有说话。我被爱尔兰共和军审问过后她来这里找我时，她闭上眼睛把我抱在怀里。然后她看着我，我的手握着她的手。她在我眼里寻找某种改变了的东西。我想回应她，告诉她，她的到来让我好受许多。但她把手轻轻放到了我的嘴前。

“不，蒂隆。什么都别说。我什么都没问，什么都不想知道。”

我想挪开她的手。她靠近。

“求你了，小男人。你将不得不撒谎，所以别说。”

然后她打开她的大包。我急需的东西。厕纸，蜡烛，香烟，面包，几个罐头。我问她报纸带了没，她回答说上面没讲好话。

我在我的盘子边上摆了两把叉子，给她摆了两把刀。把她逗笑了。我在厨房方面从来没太在行过。我们坐下来。她念了一段祷词，只有三个词，为了感谢圣母让我们重聚。她在布茨店里买了一根带一颗金星的红蜡烛。她用小松枝和槲寄生装点了桌子。我们端着冰凉的酒碰杯。这不是节日，而是一个痛苦的仪式。餐具发出令人尴尬的声响，炉火在跟湿木打仗，烛火在烛台上跳动。

“好吃，”我低声说。

她用眼睛回应了我。

晚上九点。寒气入侵。

“我撑不到十二点，”希拉打了个哈欠。

她表示歉意，她累坏了。

“我也不会撑到十二点。我去写点东西，然后就来找你。”

“你写给谁？”

“不给谁。就是经过脑子的一些东西，记下来。”

她在斯特拉班的女友人烤了个苹果奶酥，包了一半给我。几乎是一个自由人一餐的分量。

来的路上希拉被和平卫队拦下。从她的描述中我认出了申阿纳，来看过我的那个老警察，还有那个和他寸步不离的年轻警察。他们的车就停在远一点的路上。都柏林不喜欢《当尼戈尔哨兵报》的文章，电视里也在讲基利贝格斯。

“因为这个该死的记者，全爱尔兰现在都知道您丈夫躲在哪儿了。”

“他没有躲，”我妻子回答。

无论如何。我现在出门购物回城都得小心。尤其是从基利贝格斯出口到我的农舍的这两公里，我得谨慎。避开酒吧、集会，所有有可能给居民带来危险的场合。

“居民？”希拉问。

“这不是我们的战争，”老警察回答，“我们不控诉任何人，也不为任何人辩护。我们只是希望杀手们不要来这里瞎转悠。”

我问，他有没有很不客气。没有。一点也没有。只是担心接下来的几天。

她告知说下周二她会和另外一个人过来，一个朋友，法国人。警察们回答说他们怕的不是法国人，是全世界的爱尔兰人。

“您觉得爱尔兰共和军会来找他麻烦吗？”年轻人问道。

“不。他们不能找他麻烦，也不能阻止别人来找他麻烦。”

希拉答道。

“那他就麻烦了。”老头自言自语。

我们收了桌子。碗盘等明天再洗。希拉犹豫了一下，走到我身边。我抱住她，把脸埋进她灰色的发丝中。祝愿的时刻。这样的姿势保持了好一会儿。我们的影子在墙上舞动。

“祝我们好运，”我妻子轻声说。

“祝你好运。”

她的温热，秋天的皮肤，她头发中的柴烟味。我紧紧抱住她的啜泣。

突然，她的声音响起。

“我的天哪，蒂隆！你都对我们做了什么？”

这是痛苦的呼喊，而不是问题。我把她抱得更紧。我也在哭，虽然我的身体并未表达。那是孤儿的悲伤。一无所有，没有母亲，没有父亲，没有房子，没有赖以为生的土地，甚至没有头顶的天空。终极的孤独，永远的寂静。还有自始至终的寒意，那么铺天盖地的寒意。我厌恶我自己。我为自己而哭。

“我会变成什么样？”我妻子问。

我说她还有杰克，她的朋友，她的国家。

“你，才是我的国，小男人。”

她摆脱了我的双臂，用手遮住脸上的哀伤。她穿着毛衣和袜子躺下了，脸对着墙以寻求睡意。我们两个都把睡意弄丢了。她是十天前，而我已经丢了整二十五年。

十七

我从长基出狱后，爱尔兰共和军就决定将我后撤。太显眼，太出名。参谋部让我以政治活动分子的姿态出现。我参加和平示威，游行队伍里、绝食抗议者的大幅照片下有我的身影。我手持花圈，和人群一起前进。复活节纪念游行时，我没有身穿黑色制服站在战士的行列，而是和囚犯家属在一起。在所有人眼里，我是毯子抗议和肮脏抗议的前辈，是一名退伍军人。

有天我和希拉在托马斯·阿什酒吧喝啤酒，有个英国士兵走到我们桌前问我的名字。他的军官微笑着走进前来。

“算啦。密汉现在是在等着领退休金的人。”

希拉按住我的手。

“顺其自然，”军情五处的特工对我说。

我不强求，也不惹事，让该来的来。我对自己说同意背叛也许就已经能让他们满足了。在他们眼中我是他们的密探，但我并未背叛。还没有。我什么也没说没做，没告发任何人。只是在巴黎跟他们聊了会儿天，他们以此为协议。我有了个疯狂的想法。我希望一切在这里停止，他们永远也不会让我做任何事。

监狱改变了我。人们在我背后这么说。肮脏抗议之前，我喝酒，我喝光一个个啤酒杯，跟这岛上随便一个人类没什么区别。出狱之后我又开始喝，但跟以前不一样。我认识几个战友也是这样。他们偷偷地喝，到离家越来越远的地方喝，让别人替自己点伏特加，或者找个小伙去店里买酒，零钱归他。他们错过约会，忘掉命令。当他们成为组织安全的危险因素，上头便把他们开除。于是他们砸烂酒杯信誓旦旦。他们佩戴一只有金色滚边的鹈鹕，方便人们知道他在戒酒。他们睁着死鱼眼喝着苏打水。然后，往往，又重新开始。

我忍受着腹中和关节的疼痛，还经常头疼。每天早晨，正常走路之前我都得瘸一阵。我常常发抖。啤酒是我的水，伏特加是我的酒精。我买了一只十一分升的长颈大肚瓶，青铜金属质地。我计算好了：七汤勺，二十二咖啡勺。

有两回，托马斯·阿什酒吧的老板低声请我离开。第三次，我让整屋子作证：这王八蛋在赶达尼·芬利的朋友。我抓起摆放三明治的大桌子上盖着的桌布，往肩头一披，跟在狱中一样。我在一堆碎盘子和面包片中间大喊大叫。他们不觉得眼熟吗？真的吗？非要我在地上拉屎才能唤回记忆吗？共和军的人介入了。所有人都消停点。咱们是在街上打仗，不是在自己人的酒吧里干架。我离开酒吧。第二天我回去道歉了。

爱尔兰共和军建议我这么做。瓦尔德命令我这么做。

甚至在成为叛徒之前我就已经变得讨人厌。军情五处特工琢磨着我是不是为了被自己的团体唾弃才有如此行为。让自己变得没用，一无是处。他向我重申一切并未改变。我杀了达尼·芬利，杰克在狱中，希拉依旧十分脆弱。我得停止这种大吵大闹的行为。这是命令。于是我开始少喝，更少喝。然后，在我想喝的时候，还像以往一样痛饮。

但我知道自己已经不是能主事的人。

*

饥饿抗议六十六天后，一九八一年五月五日，博比·桑兹死了。临终之际，他当选西敏[①]议员。但这并不足够。弗朗西斯·休斯死于五月十二日，绝食四十九天，年仅二十五岁。五月二十一日，二十三岁的帕斯迪·奥哈拉和二十五岁的雷·麦克里在一同绝食六十一天之后，在同一天死去。

六月二十二日，爱尔兰共和军贝尔法斯特纵队决定对长基监狱的一名看守下手时，乔·麦克唐奈尔、马丁·赫森、凯文·林奇、基兰·多尔蒂、托马斯·麦凯维和迈克尔·迪文义无反顾地向死亡走去。

哀悼亡魂的巨大黑纱覆盖整座城。爱尔兰共和军必须行动。

迪维斯公寓街区，弗兰克（“米奇”）·德弗林来到这座砖房的二层与我们会合。小屋里面有三人，均席地而坐。米

① 指英国国会。

奇拍了一下我的背，他很高兴见到我。他差点要掏出钢笔戏弄我，但放弃了。看到十字架上的耶稣，他在胸口划了十字，又朝神父眨了下眼。

进来的时候他管主人家要了茶。房东敲门，吉姆·奥列瑞开门接过托盘。

“街上很安静，”她说。然后就一声不响地离开了。

“蒂隆，茶？”吉姆问。

“茶，”我回答。

米奇从衬衣兜里拿出照片。五张远距离取景的照片。他把它们列成一排摆在地摊上，像是在玩纸牌。

我起身拉上窗帘，打开灯。

其他人凑到照片上。

“可恶的嘴脸，”吉姆说。

“他叫雷·格里森，住在克里夫顿维尔一个混合街区。”

“天主教徒？”吉姆问。

“对。五十三岁，一九六二年开始为监狱管理部门工作，四年前进入长基。”

吉姆递过来一张照片。

“你的朋友，蒂隆？”

波比。

我的看守。便衣，过大的西服，走形的衬衣，秃顶，嘴角叼支烟。

我借口光线不足，走到床头灯前，背对着他们。波比。我的心在跳，脑袋里也是，不安的鼓点响起，他们应该都能听见。

“你认识？”

“不。”我答道。

我低下头看其他图片。波比出于安全考虑在检查汽车底部，波比在市中心街上走着，波比在等红灯。

“为什么是他？”我问。

问题脱口而出。问得愚蠢。我屏住呼吸。

米奇用奇怪的眼神看着我。无意中，他替我解了围。

“你是说，为什么是个天主教徒？”

“对。为什么是个天主教徒？”

吉姆挥了下手，说这个街区方便撤退。

我们中最年轻的那个发言了。我不怎么认识他。他脸上有点我很不喜欢的学生的神气。他对我说绝食抗议是目前首要任务，共和军应该在这方面有所回应。

我看着他，冷冷地笑了。

“泰利？泰利，是吧？你是不是碰巧在跟我解释监狱里的状况吧？”

我话语中的攻击性让他吃惊，他愣住了。

“你是想教我们兵法，是吗？”

“冷静点，蒂隆！”米奇嘟囔了一句。

他收拾好照片，眼睛盯着我。

“狱卒就是狱卒。我们不在乎他信什么教。”

我点点头。我得冷静下来，他说得对。

“如果你的朋友用奇怪的眼神看你，那就完了，密汉。要么就是你话太多，要么是话太少。该笑的时候你绷着个脸，或者该绷脸的时候你笑，他们都会起疑。疑心，是致命的，”瓦尔德警告过我。

于是我重拾蒂隆该有的神情，咒骂变温的茶。

“星期四，他十一点离家上班。那一带挺僻静。他总是那几下子。发动，开到克里夫顿街的十字路口，边扣安全带边等绿灯。我们可以在这时候行动。”泰利说。

“他不会采取防备，换条路什么的？”

大学生朝我笑。

“不会，除了瞅一眼车底，他不干别的。”

“你们下周四行动？”吉姆问。

“越早越好。”我答道。

我成功控制了自己的情绪。米奇看着我频频点头。吉姆用余光观察着他。我看出他们松了一口气。那个老蒂隆·密汉又回来了。

“谁去？”

“我，泰利，三个迪维斯的哥们儿，还有一个姑娘骑自行车来收枪，”米奇回答。

“吉姆？”

奥列瑞摇头。

“你了解我，蒂隆。我弄火药比玩手枪更在行。”

“解释下你为什么在这儿。”

我重新拿出头儿的语气。

“行动方式还未确定。我们先是想在他车上装炸药，不过鉴于他每天早晨都检查……”

我举起手，掐断吉姆的话头。我想象红毛警员和军情五处特工就在现场。我的想象第一次召唤他们。

不容置疑的语气。

“米奇？下次，你把这些事先解决了。这是军事准备会，不是公众讨论。”

米奇点头。收到。吉姆起身。

“越少人知道……”他边说着边离开了屋子。

吉姆·奥列瑞是个火药师。共和军中大家管他叫“马洛里”。他是个军人，不是政治家。他认为在任何情况下都该由枪杆子指挥党。他反对一切商讨、谈判、妥协。“英国佬滚出！”和我父亲一样，这两个词是他们的章程。他们梦想的不是爱尔兰的和平，而是英国人玩完。打得他们溃逃，羞辱他们，然后，再来商量战败的代价。

马洛里是个技术员。行事机密，有耐心，有干劲，他把时间都用来研制炸药，炸药性能也越来越好。他为行动量身定制炸药，安装在汽车上的、门毡上的、或者是信件上的。一枚埋在装甲车经过的乡村土路上的地雷跟一枚放在城里巡逻队路线上的炸弹可不是同样的造法。路边沉睡的牛奶桶对敌人是个威胁。贝尔法斯特的电线杆，高至腿部的燃气表，墙上任一条微小的缝隙。英国人拔我们的旗？他就在旗杆上安炸弹。

吉姆·奥列瑞不信任从匈牙利或捷克来的军火。他是个农民。他偏好我们的土特产。一大包除草剂，糖，酸，一点爱尔兰的土，用来感染伤口的细肥皂末，螺栓，钉子，这事就成了。

他没什么顾虑。没有悔恨，永远。但有一个指挥部下达的原则：不伤平民。爱尔兰共和军在引爆炸弹半小时前会发布警报。但有时这也不够。还是会有无辜受害者。某天，我和他一起在一个共和派的酒吧里。一名平民女子刚在大街上被我们的炸弹炸死。电视里循环放着爆炸画面。爱尔兰共和军向警方发出过警告，但后者没有清空街道。

“英国佬混蛋！”一个年纪挺轻的家伙放下酒杯，嗷嗷嚷了一声。

“杀死她的是炸弹，不是英国佬。”马洛里来了一句。

年轻人不是这一带的。他这样的动静无非是想被接纳。

“没有英国佬，就不会有炸弹，傻帽！”年轻人反驳。

“错。没有放炸弹的人，才不会有炸弹。”

“爱尔兰共和军不喜欢被招惹！”陌生人又说。

他从凳子上下来。他要吉姆把话说清楚，但还没走十米，就被我们这边的两个人拦下了。一个从后面抓住他的脖子，让他重新坐下。另一个在他耳边说了几句，用下巴指了指马洛里。吉姆平静地喝着他的酒，两眼直勾勾盯着年轻人的眼睛。这孩子得知对面何许人，脸色瞬间变得煞白，嘴都合不拢，高大的身形僵在那里。

行动可能对平民造成危险时，吉姆会留在现场直到引爆炸弹。有一次，因为一个婚礼，他取消了一个纵火行动。巡逻队和新人在离他的遥控炸弹几米开外的地方经过，战士们被喜笑颜开的长裙西服队伍包围着。还有一次，他和爱尔兰共和军的一名女子一起回一个新教徒酒吧的二层去找回炸弹。亲英派的领导人本来要在那里聚集，但集会取消。他取回藏在厕所里的那包塞姆汀炸药，在马路边上被逮捕。十一年监禁。

“你是个刽子手，吉姆·奥列瑞！”他结婚那天，神父这么对他说。

“你只管照料好我的弥撒，我来照料你的国家。”他如此回应。

从那天起，凯茜再也没去领圣体，以此表达对他男人的支持。

*

菲奥娜·费伦一上车，我就跟着她。她坐到车尾，我坐到她旁边。她有些吃惊。车几乎是空的。她抓紧了膝上的包。我伸出手。

“蒂隆·密汉，我在长基和艾登一间牢房。”

她的脸色立刻变了。血色重回，还有微笑。她像握她儿子的手一样握住我的手。

“蒂隆·密汉？我刚才有点被您吓着了，抱歉。”

她对我另眼相看。

“您在斯特拉班做什么？”

她想让我去她家里，看她儿子和丈夫。她像幽会中的女子那般激动。我当晚必须回贝尔法斯特。我下一站就下车。

“别跟任何人说起我。”

“甚至不能跟我丈夫说?”

“不能。别告诉任何人。我很抱歉。”

她有些担心。这里的女人很警觉。

“发生什么事了?”

我握着她的双手。

“没事。一切都好。我只是想知道,去年年底,您有没有收到您儿子发来的信。”

她看着我,一脸惊讶。信?那封信!唯一一封,绝无仅有的。她打开包,然后是红色钱夹。她小心翼翼地取出儿子的字条,装在塑料保护套里。她露出哀伤的微笑。

“撕了《圣经》,毕竟啊……这样不好。”

这张字条是怎么来的?圣诞前后,有个男人在铁门外按门铃,她透过窗户往外望。他在铁栅栏外面,手里拿着个小东西。他朝她做了个手势,把那东西从栅栏上方扔了进来。她大叫。

“我儿子冲出去,我丈夫跟在他后面。我以为那是个亲英派,丢进来一个炸弹。那人从街上跑掉了。”

草地上一个钥匙链,是只银色的小海豹,肚皮上一道拉链。她儿子用拨火棍把它翻过来。然后他弯下身子,捡起小毛绒玩具,打开。

“纸条掉到他手里时,他狠狠地握紧拳头,恨不得把它攥到消失。然后他忧心忡忡地往街上看了几眼。”

他在克鲁姆林待过八年。认出那张有银边的纸条时,他发出喜悦的尖叫。

“他关上门，上好锁，防盗链，拉好窗帘。然后他让我伸出手。

“‘我们的艾登的消息，’我儿子说。这白痴看我哭他还乐。”

那个男人呢，那个丢毛绒玩具的男人，她看见了吗？

“是的。很清楚，多亏有路灯。小个子，年纪不轻了，秃头。我甚至还记得我当时对自己说，他若是要加害于我们，应该会藏在面具后面。”

波比没有食言。

*

“密汉？”

“别说话，波比，什么都别问。爱尔兰共和军这周四要杀你。”

“你说啥，密汉？”

他重复着我的名字，像是在宣布什么惊人的事件。

我知道他会在这里，贝尔法斯特多克斯犬类俱乐部。波比有一条棕白相间的猎狐梗犬。共和军甚至打算就在这里行动。在枫丹塔文俱乐部炸掉他的车，但这里人太多。女人，小孩，狗。在雷·格里森去监狱的路上杀掉他，干掉的是一名狱卒。在这里杀他，那是谋害塔菲的主人。吉姆·奥列瑞宣布放弃。

“密汉，我只能向警察揭发你。”

我看了他一眼。随他的便。他的脸色跟希区柯克电影海报上那个被鸟群袭击的女人一样。他用手握住我的胳膊。

“为什么你来这里告诉我这个?”

我又看了他一眼。他，他的狗，周日的人群。麦克风里传出的广告，舞会的音乐，狗窝的味道。我在背叛。我刚刚背叛。我无力地挣脱了他的手。为什么?为了我。无疑。为了保护我自己。一位女士撞了我一下，她的鬈毛狗身上有一条英国国旗色的饰带。她表示抱歉，朝我笑了笑，又和波比打招呼。我跟这个地方一点干系也没有，但这却恰恰是我这个叛徒的位置。

我一直跑到了公共汽车站。我很慌张。这不是我的地盘。墙上到处是向亲英军事分子致敬的壁画。路缘石涂成蓝白红三色。我在他们的地盘。敌人的圣殿里。我担心撞见他们中的一员，某个把我的脸刻在他仇恨的记忆深处的人。或者更糟糕的，是撞见我们的人。一个正在行动的爱尔兰共和军小分队。

“这?这不是密汉吗?那边马路牙子上那个?”

在这个马路牙子上被人看见是结束的开始。但是波比这么做了。他潜入斯特拉班的天主教中心区，带来艾登的信，那么我也来他的地盘，带给他我的口信。他向我道谢，一脸不解。我认出他的眼神。那是一个囚徒的眼神。

*

一九八一年七月八日，在城堡街上，就是那条从多秋路通往市中心的街，我被带走问话。一切在平静中进行。警察在一堆挡板、路障和水泥桩前头搜天主教徒的身。女人小孩在左边，男人在右边，几十个人等着抬起胳膊被搜身。哨岗里，士兵密切注视着人群中的一举一动，眼睛对准机枪的瞄准器。他们很紧张。从早晨五点开始，乔·麦克唐奈尔的死让我们的街区群情激奋。他在绝食者中年纪最大，三十岁，禁食六十一天。到了哨岗，我把兜里所有的东西都扔到了桌上。警察问了我的名字、地址、从哪里来往哪里去。例行程序。他的同事致电总部。

“拼写是：M、E、E、H、A、N。蒂隆，跟郡名一样。”

我不得不跟着他。人群里有几个年轻人为我喊口号。我是唯一一个在装甲车里面对一群制服男的人。没多半句话，没挨骂，没挨打，甚至没被捆手。车沿多秋路往上开，一直开到峡谷路的军营，在米尔顿公墓对面。

瓦尔德在一间办公室里等我。还有红毛警察。没有桌子，只有我们三张椅子。

“男高音，来支烟？”瓦尔德问。

“我的名字，是密汉。”

“密汉，那是说给那个带你来的蠢警察听的。对我们来说，你是男高音。”

两个英国人坐下。瓦尔德脸色不太好看。我碰上警察的目光，他对我眨了下眼以示宽慰。

“那么，男高音。既然你在这里，咱们有必要把规则重申。”

我看着手指间的香烟。

“你为那个看守做的，勇气可嘉。但这不是我们要你做的。”多米尼克接过话，“在北爱尔兰维护法律和秩序的不是你。”

“法律和秩序，是我们，”军情五处探员补充。

“那我该怎么做？”

瓦尔德露出喜色。

“问得好！”

“眼看着他死吗？”

“可他会死的，你的波比。”

我一下坐直了。我从来没用过这个绰号。

“你知道你的波比为啥会死吗？因为那些想弄死他的人依然在。”

红毛倾身向我。

“我们把他和他妻子转移了。他现在很安全。但这样有什么用？爱尔兰共和军会选择另一个，随时干掉。”

“即使不是你的波比，也会是温比或奥丽芙，”瓦尔德笑语。

他用拇指、食指和中指指尖夹着第二支香烟递过来，很贝尔法斯特。

“如果你的朋友们再有计划，你让他们弄去。你只要告诉我们他们要杀谁，什么时候，哪里，怎么杀？剩下的我们搞定。”

“你们对为什么不感兴趣？”

军情五处的探员看了我一眼，攥紧了拳头。一脸鄙夷。

“别跟我们玩这个，密汉。”

“不要抓人！这是我们的约定。”

“这些人现在对你对我们一样危险！”警察狠狠地说。

“我什么都没对你们说，什么都没给。我啥也不怕，我！”

瓦尔德站起来，双手揪住我的衣领。

“你啥也不怕？你是痴还是傻，爱尔兰人？你是个英国特工，有代号有接头人的英国特工。你已经死了，密汉！”

“冷静点，史蒂芬！我想他明白了。”红毛笑着说。

探员将我松开，捋平了我的外套。

“抱歉，蒂隆。我们这阵子没日没夜的。”

“超负荷，该死。”另一个补充道。

他们站起来。瓦尔德一只胳膊架在我肩上，低声说。“你的人的其中一个，我们要关于他的一些消息。我们认为他负责在外面协调克鲁姆林里头的一个越狱计划。”

“听都没听过。”

“别着急回答，你有的是时间。”

“这不是时间的问题。我什么都不知道。”

“你会再想起这事儿的。我们知道弗兰克·德弗林在搞来搞去，我们想知道他搞的是什么。”

“米奇？”

我脱口而出。我愣住了。警惕降级，新手的失误。他们趁我疲惫之际。我真想用牙把自己的石头咬断。我的嘴唇在颤抖。白演了半天戏。

“德弗林就是米奇?”瓦尔德问。

警员大腿一拍，喜笑颜开。军情五处的探员微笑着看着我。

“波比，米奇，你们还真有文化……”

“我不明白。”

他的脸色又严峻起来。唇色如石。

“你不明白？那我来告诉你。我们知道有个米奇要弄波比，他踩了点，拍了照片。但没人把德弗林和他想到一起。”

“德弗林，他妈的！他就在我们眼皮底下！就在眼皮底下，”警员反复念叨。

“妈的，别碰弗兰克！克鲁姆林我和他在一块儿，他是我的朋友……”

“朋友？什么朋友呀？你已经换了一拨朋友啦，密汉。现在，我们才是你的朋友!”警员回答。

然后他看了看表。

“谈话结束。”

“不要抓人，”我还在嘴里嘟囔。

这句话不再是对抗，而是请求。我在脑子里大喊。我口干舌燥，还憋着尿。我被打垮了，无比难过。我的理智已经不运作。我寻找一句话，一个词。我甚至找不到一个眼神来应对他们。我走到军营门口时，警员往我衣兜里塞进一个信封。我吓一跳。

“不是要收买你。打车回家的钱，没多少。”

“你要愿意的话，就当是劳务费吧，”军情五处笑着说。

他朝我伸出手。我视而不见，径直走向哨岗。

“蒂隆，顺便说一下？”

我转过身。警察走上前来，伸出手。

“乔·麦克唐奈尔的死，我很遗憾。”

我脆弱不堪，任何芝麻粒大的事都能刺激到我。在楼梯里，我涌起旧日的泪水。我肚子疼，牙齿打颤，我好冷。

于是我握住他的手，还有另外那个人的手。紧紧地握住。

*

归途中我到托马斯·阿什转了一圈。我决定糟蹋掉信封里的这三十英镑。我喝了两大扎啤酒，坐在午后的桌子旁，周围除了三两呆滞的目光，几乎无人。电视里传出板棍球比赛的声音，隔壁屋子里空心桌球互相撞击。我在繁忙的蜜蜂和翰龙之角也稍作停留。每次一杯小伏特加，来去匆忙，在吧台喝完。我为一个朋友付了两杯啤酒，又请一陌生人喝了一杯。但没和他们碰杯。我指望传闻四起。

“蒂隆·密汉口袋里全是钱！”

“密汉，这钱，从哪儿弄的？”

“脆生生的票子啊？跟咱们在失业窗口领的抹布可不一样！”

他们给了我三十英镑。犹大的最后三十英镑。他们是故意这么做的，我敢肯定。我决定让自己被发现。或者，去死。我可以从阿尔贝桥上跳进拉甘河里。我不会游泳。或者死在车里，上哪儿都行，在夜色中冲下悬崖。或者，我也可以喝，喝啊喝啊，喝到我的心脏放弃跳动。

我在酒吧上方的镜子中看到自己。我还戴着帽子，像个正在庆祝做成买卖的牧羊人。死？凄惨的农民。这些可怜人压根就没时间想这个。我看着自己下垂的眼睛，这撮灰色的毛，这双耳朵，这些沟沟壑壑的皱纹。我看着外套翻翘的领子，解开的衬衣，磨平的粗呢。我看着我的失败。往前倾的时候，我遇见了大人物帕特里克·密汉。突然一下，我就在镜子里看到他了。还有周围这一片虚空，他走近时的肃静，这份敬意，这份难堪。我看见了村中酒吧慕林的木饰、铜器、热气和闪着金光的黑暗。我父亲就在那里，充斥我浑身上下。他笑得像个傻子一样，对着他的映像举杯，做出并未饮酒的样子。他走路有些蹒跚，让人看着难受。他放弃了他的战争，放弃了西班牙，共和国，还有生命。他踏着冬天的道路离去，口袋里装着石子和泥土。他想死在海里，结果却死在路沿。他召唤的是海鸥，警察赶走的是乌鸦。父亲或斗士的东西，他身上一点不剩。他不过是一堆和冰霜搅和在一起的旧衣裳。

于是我放弃了死亡。也放弃了生存。我会在别处，天与地之间。英国佬，爱尔兰共和军，这些发号施令者，我当他们都是狗屎！我受够了这场战争，这些英雄，这个令人窒息的群体。我累了。战斗令我疲惫，游行令我疲惫，监狱令我疲惫，秘密状态和三缄其口令我疲惫，从儿时起就没停止过重复的祷告令我疲惫，仇恨、愤怒和恐惧令我疲惫，我们沾满泥土的皮肤、破了洞的鞋子和一淋雨就从里到外都湿透的雨衣令我疲龛。我哥哥申阿纳在我耳边喊过。我一字不差照搬他放下武器的口号。共和国，它又为我做了什么？美好的，伟大的，真正的，汤姆·威廉姆斯们，达尼·芬利们，已经和我们的青春一起死去！康诺利，皮尔斯，这些穿着圆翻领打领带的男人们，已经和我们的历史书一起埋葬！我们是荣耀的仿造者。我们不断地从旧日的歌曲中得到满足。我们是灵魂、血肉和砖，面对的是没有心的钢铁机器。我们会输。我们已经输了。我已经输了。我不会再用一条命为爱尔兰当祭品。

“凯文？在你拉下那该死的铁门帘之前，再给我来一杯？”

我带着醉意和狂热睡下。醒来时，我决定引他们绕过米奇。我会给他们情报。无关紧要的，但是条情报。也许，我能这样摆脱他们，救他一命。我得完成叛徒的工作。今天下午晚些时候，我可能已经迈过这道门槛。就像为共和国宣誓一样，这也是条不归路。我已经投身其中，我会迷失其中。现在提出问题和疑问为时已晚。回答，同样太晚。

杰克结束禁闭已有一周。他回到他的牢房和朋友们身边。这是瓦尔德给他的叛徒男高音的礼物。而我，我已经感谢过他。

“你是个热心的家伙，”红毛在从巴黎回来路上对我这么说。

是这样。混球，很可能就是一个热心的家伙袖手旁观。

*

我把普尔博格街二十三号给了英国人。我在公墓见的瓦尔德。他背靠墙、眼睛盯着坟墓，侧耳倾听。他捧着一束花，让我在亨利·乔·麦克拉肯墓前献上。

二十三号是个临时物库。这个几乎是一片废墟的地方曾经被用来储藏武器和钱，四个月前被我们清空。街上来往人多，屋子太暴露。这一片的小屁孩儿从破窗爬进去，在里面偷偷抽烟。有天晚上，两个我们的人到那里时，一个年轻人正在壁炉管道里搜刮。他发现了我们的一把手枪和一些弹药。最终他丢弃战利品跑掉了。

瓦尔德端详着我，脸上挂着一丝我不太喜欢的微笑。

“普尔博格街二十三号？”

我说对。普尔博格，就在多秋路下边。他点点头。他知道那个地方。他抓住我的胳膊。我们就这样一起在坟墓间走着，像两个老朋友。他给我讲达米恩·布莱的故事。一个十五岁的男孩，老在那片街区抽印度大麻。也卖，赚点零花钱。他和两个年纪比他大的哥们儿一起到都柏林进货，然后把大麻条缝在风衣里过边境。

“哦，没多少。这边一百克，那边两百克。他们不是黑社会，但能对我们有用处。”

他在麦克拉肯坟前站住，把手里的花束递给我。

“有天，我们抓住了布莱。他吓得都吐了。”

我单膝跪地，放好花。

“布莱一家相当体面。父亲在长基，哥哥在爱尔兰共和军。都是真正的共和派，除了他。他是那种会在墙上写‘爱尔兰共和军＝条子’的孩子。你明白我的意思吗？”

我明白。

“我们把提议摆到他面前。他抽大麻，我们才懒得管。还有他那点小买卖。不过，如果他想从我们手里重获自由身，那得拿点东西做交换。有点跟你一样，对吧？”

军情五处又开始慢走。

“你知道吗？他给了我们一个地址。我肯定你知道是哪个。”

我闭口不答。

“他在找某个角落藏他那点小玩意儿的时候，未料撞见一把枪，还被爱尔兰共和军抓现形。他溜掉了。真是不可思议，这些小屁孩那么讨厌你们！”

“你在说什么？”

“我说，爱尔兰共和军老把自己当社区警察，久而久之，倒是被这些小流氓恨之入骨。遇上我们，有法官说了算，遇上你们，直接膝盖挨枪。所以，到头来，他们反而更喜欢英国佬。”

“你为什么跟我说这些？”

“为什么？因为那小子招了之后，我们就开始监视二十三号，蒂隆。几个月前我们就看到你们的人把那地儿清空了。从那时候起，就是空的，什么也没有。废弃空屋。”

他在门口停住。

“你不是在拿我们开玩笑吧？”

“二十三号没被监视。那是假的。没有人被捕！”

“逮捕谁？那三个费奥纳和那个搬东西的可怜虫？我们要打击爱尔兰共和军，不是有事没事给你们制造小英雄玩儿！”

他把一只信封塞进我的口袋。我没反对。

“回见，密汉。随时给我打电话。”

走了几步，他又回头。

“顺便说一声，米奇已经开口了。你知道吗？他交出了名单上下一个目标狱卒的名字，行动地点，所有。”

他在观察我。

“还有……很遗憾，他也说了你的名字。还有那个火药师。你知道吧？本来不该来跟你们一起开会的那个。”

雨开始洗刷天空。他将衣领立起。

“不管怎样，你把他扫地出门是对的。叫人遵守规矩，是头儿的工作。”

*

一九八一年七月十三日，马丁·赫森死于二十五岁，绝食四十六天。八月一日，轮到凯文·林奇，同岁，绝食七十一天。隔天，基兰·多尔蒂，二十六岁，绝食七十三天。

至于弗兰克（“米奇”）·德弗林，他在卡斯尔雷的审讯所被折磨了五天。禁止睡觉，光着身子举着胳膊面壁站立，一站就是好几个小时。他被打，被电击，被勒脖子，被烟头烫，被湿衣物闷脸。每场问询之间，他被蒙着眼睛丢进隔音室里。经历过隔音室的人说甚至连他们自己的叫声都不响了。欧洲方面称这些手段“非人类且可耻”。瓦尔德才不在乎。对他来说，重要的是共和派们招供，在下一枪响起之前，在下一枚炮弹爆炸之前，在下一个波比死在城市某处之前。

我明白吗?

“想象一下：密汉，我是你的囚犯。你最好的朋友在我们手里。我们的人要干掉他。我知道哪儿、什么时候。你拿我怎么办?”

我明白。

米奇的被捕震惊了整个街区。他的妻子来找希拉，两个人一起哭。我给她们做了茶，然后就离开了。

“关起来，总比死了强。”我回家时对着妻子嘀咕了一句。

我不喜欢她那个眼神。她在我身上寻找酒精的痕迹。但我没喝。只喝了两杯啤酒，在一个陌生的酒吧里。我不想面对人们的沮丧和悲伤。

英国人在八月三日那天逮捕了米奇，在爱尔兰共和军惩罚某个强奸犯之后。那家伙是个惯犯，已经被禁止进入迪维斯公寓区好几月。头天晚上，他纠缠一位走在回家路上的女子。他打了她的脸，企图把她拖进灌木丛中。他喝醉了，走路跌跌撞撞。她逃跑了，直接跑到新芬党[1]的办公室控诉，描述了侵犯者的样子。

当天夜里，爱尔兰共和军便闯入施暴者父母家中。那家伙醉醺醺地偷偷跑到他们家里，和衣躺在他小时候的床上醒

---

① 北爱政党，爱尔兰共和军的官方政治组织。

酒。我们的人蒙着面。他母亲挡到双方中间，高声喊叫，他父亲抓起一把椅子要保护他。

“别碰父母！”米奇命令。

我们的两个人把那流氓拽下楼梯。我撤到街上。我并没有指挥行动，我不喜欢这样的惩罚。我们是军队，不是警察。我们的任务是赶走英国人，而不是胖揍犯罪分子。但是老百姓要求街头巷尾的安全。

“米奇和另外两人等在门口。母亲朝他冲过来，掀起他的面具。他把她推开。她摔倒在地，还伸着手指头。

“是弗兰克·德弗林！我认得他，弗兰克·德弗林！”

她大喊大叫。

四下里灯光亮起。那家伙被装上车，押到受害者家附近的小广场上。他在反抗。米奇拿球棍照着太阳穴狠狠给了一下。他被扒光上衣绑在路灯灯柱上，脖子和肚子处绕着绳子。一名妇女跑过来，将一块写着“强奸犯”的牌子递给我们的人，又匆匆跑开。共和军把牌子挂在他脖子上。他身上涂着凉沥青。他已经失去意识，头往后仰着。窗前人影绰绰，马路牙子上幽灵飘过，半开半闭的门间有黑影。

“我们的国家在战争中！”米奇大喊，为了让整条街都听见。

一名志愿军扳动了手枪扳机。寂静中一声金属的撞击。某座房子的二层，有个人捂住耳朵。

“我们不容忍任何针对我们群体的攻击。也不容忍任何对组成这一群体的女性施加的暴力！”

战士打了两枪。没打在膝盖里，而是打在大腿上。我们决定让这个罪人有机会再走路。他发出一声长长的嚎叫。脑袋耷拉下来。

“爱尔兰共和军！爱尔兰共和军！”远处有声音高呼。

一位女战士戴着手套收拾了滚烫的弹壳，随后我们便撤退了。

受惩者的父母在天主教徒群体里不遭人待见。邮差忘记他们，早晨，他们的牛奶瓶砸烂在门上。酒吧服务员拒绝给父亲倒酒，宾戈游戏玩家把母亲一个人晾在桌前。他们是这条街的不良家庭。他们索性破罐子破摔，跑到皇家警察那里报案，供出了米奇。

整个城市如丧家之犬。天空，眼神，一切都散发出难过的味道。为米奇、为他妻子难过。我也很难过。第一次，我对英国人的手段感到深恶痛绝。所有谈话、眼神和沉默中，透露出的都是严刑拷打的极端恐怖。但是这难过里面，不管怎样，也有米奇没有守口如瓶的事实。他说了。英国人放出风来。他们的报纸洋洋得意。瓦尔德在保护我，红毛警察也是。他们引开了怀疑。弗兰克·德弗林是在我说出他的名字一个月后被捕的。已经过去一个轮回。我没有背叛。我累坏了。我给自己一个喘息的机会。最后一幅清白的幻象。

*

八月五日收到的第三个信封里有三百五十英镑和两张去巴黎的机票。我第一次旅行的垫付款。我得在塞纳河观光船码头和“奥诺雷”碰头。我只见过他一次，头一回和希拉以及假警察夫妇去法国的时候。那是个纯种英国人。甚至都不是我们这边那种脾气暴躁的新教徒。他用看待叛徒的眼神看待我。他没跟我握手。他停留了一瓶啤酒的时间，眼睛一直盯着我的粉色三角。他对待军情五处探员和警察也没多友好。他很年轻，不到三十五岁。他没去过贝尔法斯特，只是乘直升机从城市上空飞过。他在观察我，研究我。他说唯一让他感兴趣的新芬，而不是爱尔兰共和军。是我们的政党，而不是我们的军队。他用下巴指了指另外两个人，说炸弹，那是他们的事。

“我对政治了解不多，”我回答。

“你知道你们的运动里谁在想什么，谁大势已去，谁在迅速得势。这些，你是知道的吧，男高音?”

我耸耸肩。是的，当然。这些，我知道。

“因为我吧，你知道的，我对这些感兴趣。我又不太方便去你们的会议……”

然后他就离开了桌子，卷着的报纸指向太阳穴向我们致意。

我不喜欢他。他非法进入我的故事里。警察和军情五处几乎可算令我安心。我们如今有了共同的故事。他们知道我的方式，我也了解他们的手段。我们互相没有隐瞒。我们之间达不到理解，但也没有仇恨。有天，警察对我说，他至死都会和我的理念做斗争，但他也尊重它们。瓦尔德给我去巴黎的机票，坦诚地说他真希望能在另外一个时代里认识我。他们在撒谎？二人皆是？可能。他们用这些话哄我，都是在他们的特工手册里摘出来的。我不在乎。我是囚徒，被判了永远说谎的无期徒刑，这两名看守没有在我的孤立上再添羞辱。

奥诺雷不是这个故事里的，甚至都不属于这些敌人。他只是趁着围栏开了口跑进来偷羊。别人走了他再上场，他要像榨水果一样把我压榨。他有着使馆官员的苍白皮肤。他手上沾的是墨水，不是血。我能想象他在工作灯下画着他的组织机构图，张着嘴伸着舌头。对他而言。我们的国家是一组图表，我们的斗争是一批数据。我们不是男人和女人，而是实验室里的老鼠。警察用步枪对准我们，他用显微镜观察我们。他叫我男高音。我希望他对我一无所知，关于达尼，关于希拉和杰克。我希望我于他是匿名，是叛徒的代名词，是个代码。

他必定让我讨厌巴黎。

十八

基利贝格斯，二〇〇七年一月二日，星期二

“够了吗？”安托万问。

“永远都不会够。”我回答。

小法国人抱着一大堆木柴。他像个城里来的男孩那样拿着潮湿的树枝。昨天夜里下了雪，今天早晨全成了霜。我盯着他看了一会儿，他弓着腰伏在树干上，像是怕弄坏了他的衣裳。我掀开一个老树桩，他抬起头，于是我们目光交汇。

刚才，希拉把他送到农舍前，他端详着高大的松树，我脚下的房子，还有我国家的天空，但有意避开我的目光，我也没有刻意去寻找他的眼神。我锁上门，背朝着他，走向森林，斧头扛在肩上。

“咱们去林里找壁炉用的木柴。”

他跟着我。

我害怕这个眼神，但同时也为之所吸引。

二〇〇六年七月十日之后我就没再见过安托万。我曾经把他带到长基。和平进程实施之后，监狱里几乎无人。最后一批战犯和杰克一样，六年前就释放了。剩下的是楼房、瞭望台，有倒钩的高墙，还有我们的痕迹。

在博比·桑兹死去的八号监室前，小法国人震惊了。我搂住他的肩，管他喊“儿子”。三十年前，我给了他这个绰号。有一天他喝高了，他说我是他的爱尔兰父亲。但这次，这个词另有他意。

“我爱你，”我在监狱门口对他说。

他看了我一眼。他想找点话回答我。嘟囔一个打破沉默的词什么的。

“我爱你，”我又说了一遍。

他闭口不答。

我的背叛已经到达尾声，只是个时间问题，几个月，或几周。二十年过去了，我对敌人已经没有什么用处。他们会放弃我，将我卖掉。安托万的眼神是曾经投射在我身上的最美好的眼神，也是最后的眼神之一。

当小法国人看着我的时候，我爱我自己。我在他所认为、所描述、所期待的那个我里面爱我自己。我爱我自己，当他如将军副官般走在我身边，当他照料我，当他用他的天真保护我。我在他的关注中、他的引我为豪中爱着我自己。我在他给予的尊严、勇气和荣耀中爱着我自己。我爱自己投射在他身上的形象。安托万看着我的时候，他看到是那个获胜的费奥纳，是汤姆·威廉姆斯的战友，是克鲁姆林的反抗分子，是长基里不屈的囚徒。他看着我的时候，达尼·芬利还活着。

但是这一天，在基利贝格斯，安托万的眼光熄灭了。他抱着树枝，我抱着树桩。他看不见我。他在找叛徒。我对他微笑。我也不知道为什么。我生了火。白烟被风吹散。

“你可以坐下，”我说。

他在我父亲的桌子旁坐下，手夹在两腿间。我摘下软趴趴的帽子塞到裤兜里。

“如果小法国人愿意的话，我很欢迎。”

伯恩神父把话带到了，现在安托万就在这里，尴尬地沉默着。

“你想知道什么？我听着呢，儿子。”

我背对他，对着劣木弯着腰。

“没什么。”

颤抖的声音。

我给他倒了茶。他看着墙，我盯着地面。我们的眼睛不再是为彼此存在。

“你想知道有没有共和派因为我的错误而死？”

“不！”

他喊起来。手一抬，碰倒了茶杯。滚烫的茶浇在他的大腿上。他连叫也没叫一声，只是把椅子往后挪。

“你不想知道？”

他看着液体往硬土地上滴。

“你不想吗？”

“我不知道。”

他不知道。他既不生气，也不难过。只是迷失。他是我树林深处的一个孩子。在贝尔法斯特，爱尔兰共和军警告过他。他若要见我，就等着被驱逐。对待叛徒，应该背对着他，不跟他讲话，更不应该跨越大半个国家去端详他的眼神。对他不要有任何要求。叛徒，是个病人。碰着他，都得被感染。去看他，是去理解他。倾听他，那就轮到你背叛了。

“你知不知道你将不能再回爱尔兰？”

我背靠墙站着。他点头。是的，当然，他知道。

自从二十年前我给他买了一顶一模一样的帽子之后，每次见他他都戴着。那是他的爱尔兰人伪装。在贝尔法斯特，他以为这顶帽子可以让他与我们融为一体。在巴黎，他戴着这顶帽子自以为被放逐。一顶农民帽，现在已经没人戴，除了老蒂隆·密汉和几个明信片上的老家伙。戴着我的帽子，安托万化身为托尼。但这一次，来见我的是光着脑袋的安托万。不再有我们之间共同之物。

火没烧起来，烟蒙住了我们的眼。

“我们的友谊呢？”法国人问。

他终于盯着我的眼睛。

“怎么了，我们的友谊？”

他低下头，我有些自责。用问题回答问题，是不知如何回答的人的策略。

他返回对话。

“我们的友谊，是真的，对吗？”

原来如此。

有那么一刻，我以为小法是为我而来。来辱骂我，来对我表示同情，来告诉我我做了多少恶，来大声喊出他的失望、愤怒和耻辱。但他是为他自己而来。

“安托万，我不明白你的问题。”

我回到壁炉前。

“你是在问我，我是不是你的朋友?”

他点头。

“你大老远跑来就是为了这个?”

同样羞怯的动作。

我重新戴上帽子。他的爱尔兰人形象。

“看着我，告诉我你是怎么想的。”

他摇头。

“我不知道了。”

“你知道的可真不多，啊?”

他很失望。我很受伤。我不知道我们两人中哪个更伤人。

我本可以回答他。

我本可以让他回想那一天，在巴黎，他在地铁里碰见我。正值高峰期，车厢里挤满了人。我要去圣米歇尔的一家咖啡馆里见奥诺雷那个官僚。车行至歌剧院那一站，我看到小法上车了。他的帽子，他的爱尔兰共和军徽章，他那些可爱的小饰物。我惊呆了。巴黎，超过两百万人口，我竟撞见唯一不该见到的那个人。是上天，是偶然，是我的坏意识还是他的天真，竟然让我们在同一天同一时间乘坐同一地铁，不仅是同一条线，还是同一方向同一车厢。我坐在四人座的方块里。他站着，面向我，一手抓着扶手杆，眼神咄咄逼人。如果是在贝尔法斯特，我可能会招呼他。

“安托万，你是在执行任务还是怎么着?瞧瞧你，小法国人，你看起来像是来打人的！松开你的颌骨！深呼吸！”

我缩在座位上。我对面是位女士，一名读报者，还有一位膝上抱着孩子的母亲。我的座位靠窗。我看着窗外，隧道没有尽头。他，观察人群。我在车窗的映像里碰上了他的目光。他瞪大了眼睛张大了嘴。他僵住了，愣在那里。一直以来，来巴黎都是他接待我。他给我提供住处、食物，帮助我，让我不至于迷路。我是他的爱尔兰抵抗运动。他通过我在斗争。他戴着帽子和徽章，也有着秘密工作者的战战兢兢。有一次，他问我来巴黎干什么。我笑了。

“你是给英国佬干活还是怎么着?”

他涨红了脸，道了歉。他永远不会再问这么愚蠢的问题。

他来机场接我送我。他没驾照，是我付的出租车钱。

“爱尔兰共和军出资，”我对他说。

我拿了小票，他十分自豪。

那个周三，我不该在没他陪伴的情况下出现在这趟地铁里，随身带着他送给我的小旅行包。他用肘子礼貌地给自己开辟了条道路，往我这边走过来。我回过头，向他投去生硬的眼神，食指放在嘴上，这是不许出声的命令。他僵立在车厢中央。为了宽慰他，我抱以僵硬的微笑。他放松下来，点头示意，不出声地表示赞同。

“明白了，蒂隆！”

我在行动中，正在执行危险任务。他不应该知道我的出现。爱尔兰共和军保护着他。而这次我让他避免了可能的麻烦。他脸上露出浅浅的微笑。那是儿子的微笑，让我心头发紧。这个微笑，来自那个不用言语就能明白、无条件认同的人。我的小法，我沉默的战友。

车行一站，他恢复原来的姿势，帽子扣得低低的。他不再斗争，但保持警惕。他从战士变成了哨兵。我站起来，他朝人群投去长长的一望。他感到自己来自另一个世界，另一段历史，一个秘密。他处于战争，他们在和平世界。他的头儿就在那里，被他们的无忧无虑保护着。多么自豪。

我下到站台上。他监视四周。他的眼睛在低声说一切平静，没有危险，没人跟踪我。地铁重新开动时，他点头示意。很小的动作，他和我之间的信号。我看着他在人满为患的车厢中，头戴着帽子，唇边挂着微笑，无比肯定他刚才保护了我们的共和国。

这个交换的眼神还叫我思念许久。我甚至没告诉瓦尔德或奥诺雷。几周后，在贝尔法斯特，我把安托万单独约来。我出现在法国这事不能跟任何人说。永远。甚至不能跟共和军的人说。这是他为我提供住处时就立下的规定，这一次更为重要。他明白。当然，必然，他都明白。他对蒂隆·密汉言听计从，就像人们一听到国歌就僵住不动一样。他不求理解我的战争，他在经历他自己的战争。

我本来可以把这一切都告诉他。我欠他一部分真相。我欠他另外一个眼神，一个真实的眼神，一个名声败坏的男人的眼神。不忠不义者的眼神。我想让他面对这样一双眼睛，认清它们，让他认得这个遭围追堵截的脆弱男人。邀他来我的床头，是把我所剩之物送给他的一种方式。

“你知道吗儿子？我要死了。”

他用沉默回答说“不”。

“老天！你真的对这个国家一无所知……”

我离开石灰墙。

希拉刚摁了喇叭。她不愿意进屋。她反对这次见面。她不明白我为什么同意让一个外国人出现在这里。

安托万站起身。他很冷，嘴唇发灰。我走到门前，给他开门。我控制着自己的动作。我知道这会是我们最后一次见面。

“你还没回答我，”安托万低低说了一句。

我浑身冰冷，像坟墓里的尸体。我很难受。一阵剧烈的疼痛，好像有把刀扎进喉咙，划至心口。我张开怀抱。向他，向我思念的杰克。

他一言不发投入我怀中。我潮湿的外套，我的旧毛衣，冬天的围巾，他冰冷的大衣。我感觉到长基的毯子一般的破烂，恶心、酸腐、人和狗的混合。我们保持这样的姿势。

我本可以回答他。

他于我，既是外国人，也是自己人。是曾经见过我而且以后再不会见到的那个人。他是小法国人，也是他步步紧跟的整个爱尔兰。他来自贝尔法斯特，来自基利贝格斯，来自我们这些老囚徒，来自我们的脚步，来自我们的愤怒。他是米奇的眼神，是吉姆的微笑。他属于我们的胜利，也属于我们的失败。他那么那么爱这片土地，爱到将自己融入其中。

这是友谊吗？我没有答案。我是否也背叛了这份爱？当然，我背叛了。我躲在安托万身后，躲在他的勇气和深信不疑之后。我不能对此有悔恨和遗憾。寻求原谅或良心的灵光一现也已经为时过晚。叛徒和遭背叛者，彼此捆绑。是的，巴黎地铁里的那个人利用他了。那又怎么样？对这个哀伤的拥抱又能有何改变？

他穿着城里人的大衣，裤子有些短，手上戴着黑色羊毛手套。

我驼着背，头发蓬乱，帽子疲软，皱巴巴的裤子塞在沾满泥的靴子里。我轻轻推开他。他给了我一个我不想要的眼神。

我转过身，抬起手道别。

他们可以来了，死神可以把我带走。一切于我都无关紧要了。

十九

我于一九七七年四月在托马斯·阿什酒吧遇见安托万。他声称那天晚上我教他撒尿来着，但我一点儿也记不起来。我远远就看见他，在大厅深处，和我们的火药师吉姆·奥列瑞以及他妻子凯茜坐在一起。人群中，除了两名巴斯克同情者，他是唯一一个身穿共和军T恤的人。在这里，所有人都是爱尔兰共和军，除了佩戴共和军徽章的人。

一开始，我把他当成美国人了。那些为他们的爱尔兰之根颤抖的、第一次双脚踏上我们的土地便热泪盈眶的、奔跑着去买麻花图案白毛衣和粗呢鸭舌帽的美国人。他们热爱爱尔兰的一切，从地上的泥到天上的雨，从它的贫困到哀愁。他们想做点什么，要一台步枪，可是一旦我们要他们把护照交给我们然后去美国领事馆挂失，他们还是会犹豫再三。

然后我看着他的嘴唇，它们极其灵活，法国人特有的、夸张咀嚼嘴里的词的方式。他说话时嘴张得老大，像个没有秘密的人。

第二天我又见到他，在复活节游行中。我的目光捕捉到他的眼神时，我正在街上让费奥纳列队。他在哭。他一边看着我们的女人、小孩、男人，一边哭。不是孩子或受伤者那种哭法，而是无声地流泪，用天上落下的雨水掩盖自己的眼泪。当几百名曾经的囚犯们排成三排出现，寡妇们手捧花圈，孩子们身着周日盛装，他掩面向墙。小法国人跟别的拜访者不一样。他不是在观察我们的苦难，他是在分担我们的苦难。

天很冷。我们开始列队前进，他跟着。是个追随我们的亲人。早些时候，我第一次管他叫“儿子”。我把他安排在迪维斯街角，告诉他会有惊喜。我的惊喜，是爱尔兰共和军。几十名战士身着制服，头戴黑色贝雷帽，身披白色肩带。我用他的眼睛看着我们的人。我禁不住战栗。他头天晚上才到的这里，马上一头扎进战争中。直升机，装甲车，我们的旗帜，我们的短笛和鼓。他看到了什么？影子战士，失去父亲的孩子，一无所有的女人。悲伤加厌倦，我们是一群阴暗的人类。贫困，尊严，死亡，是我们沉默的伴侣。和他一样，我与旧大衣和泥巴鞋擦肩而过。和他一样的，雨里的头发，疲惫的面庞。我在一面橱窗中看到自己阴郁的映像。我不能否认自己来自这个民族。它造就了我，我是它的化身。安托万一直张着嘴。我很激动，也很骄傲。我的国家给了他这份礼物。

这个四月的星期天，我第一次也是最后一次看见安托万哭。很久以后，过了很多年，我问他为什么哭。他只说眼泪是他为我们鼓掌的方式。

*

从长基出来，我得知安托万被共和军用了。他为我的被捕、我遭受的指责和刑罚而愤愤不平，为我们的肮脏抗议感到绝望，于是请求吉姆·奥列瑞给他找个活儿，一个小角色，一点能让他帮助我们的事情。

爱尔兰的战争是爱尔兰人的事。我一直对想和我们并肩作战的外国人持怀疑态度。在他们自己的国家解释战争形势、组织集会、开新闻发布会、发起游行？当然可以，一千个赞同。但我从来没想过哪怕将一发我们的子弹交给他们。

“我们会因此玩完的，”吉姆对我说，“康诺利教我们的是国际主义，而不是划清边界！”

“爱尔兰共和军不是一支雇佣军！”我回应道。

他大笑。

“雇佣军，蒂隆？哪门子的雇佣军？你父亲当年想去为西班牙共和国打仗的时候，他是雇佣兵吗？”

他把我惹恼了。他是对是错，要根据我的心情而定。我不想有外国人死在我们的战争中，或者沦为囚徒。仅此而已。英国人的宣传机器，媒体，联合派，我能想象他们说些什么。爱尔兰共和军？一帮想革命想疯了的法国人、美国人或德国人。爱尔兰共和军？西方极左分子的新乐园。醒醒吧，爱尔兰人！看看谁在你们的土地上以你们的名义在战斗！

吉姆总取笑我。他觉得我是狭隘的民族主义者。有一天，他问我有没有踏出过爱尔兰，有没有跨过海，这辈子有没有听过哪怕一种外国语言，有没有见过来自异国的目光，知不知道罗马、布鲁塞尔是什么样子，是不是只认得那个街角。他一语中的。我还没为了巴黎背叛贝尔法斯特。我们在托马斯·阿什喝着啤酒。那是在我被告密者揭发之前。安托万也在，他没说话，听着我们说。他们飞快交换了一个欢乐的眼神。我心里想这两个人肯定在琢磨干什么坏事。果然被我料中。

小法国人趁着我披着毯子的那十三个月向我挑战。吉姆偷偷将他引见给国际事务的一名军官。安托万是弦乐器师，巴黎人，英国人眼里的陌生普通人。当然了，他跑到我们街上来，跑到我们的酒吧里喝啤酒，但这样的人有万万千。他拉小提琴，那是他的武器。对警察来说，他应该是个渴望和谐的理想主义者。

吉姆调查了，安托万的家在一条安静的街上，街道通往巴提尼奥大道，弦乐器商人的集中地。他有一间空置的工人房。他给了吉姆一把钥匙，带着一个船锚钥匙扣。这地方有个内院，只需翻过一段矮墙头便能到达隔壁的楼，后来便成为共和军在巴黎的藏身处。罗马、列日、欧罗巴，这三个地铁站到那里距离均等。理想又安静的藏身之地。我们中的不少人在巴黎的这个屋檐下来了又去，约翰·麦克安劳蒂、玛丽·德瓦内，还有帕迪·贝斯特。他们中没人见过安托万。

他还为一支路过巴黎的小分队运送过现金。同样的事情，他给前往匈牙利的战士们做过。他两次用假的法国证件租车。他把防弹背心藏在工作室里。他还当过翻译。他陪一名爱尔兰共和军的军官乘坐巴黎到毕尔巴鄂的夜火车。他不问任何问题。他以我们的理由为信仰，我们的苦难让他坚信不疑。

当我得知安托万帮助过爱尔兰共和军的时候，我去找了吉姆。对话激烈简短。我是他的上司。我要求知道名字、地点、日期、事件。法国人不应该掺和到这里头来。

接下来的那个周六，我把小法带到托马斯·阿什一间小屋里，在酒吧后面，只有我们两个人。外面有人看着门。安托万坐下来。我站着。我把他的钥匙丢到桌上，和那只小船锚。

“这个，这是什么？”

他看着我，惊呆了。

“我家的钥匙。”

“你给谁了？”

他低下眼睛。

“儿子，谁？”

他摇摇头。他不知道他们的名字。

酒吧的嘈杂一阵阵飘来。舞台上，一个乐队正在演奏《哦！男孩达尼》。我弯下腰，低声说：“你不是爱尔兰人，安托万。”

我说得很慢，像宣布坏消息一样。

“你如果不是爱尔兰人会怎样？”慕林的老板这么问过。

“我会感到耻辱，”我父亲这么回答。

我背靠着墙，告诉他，他是弦乐器商人安托万，不是汤姆·威廉姆斯，不是达尼·芬利。他是爱尔兰的朋友，同志，兄弟，但同时也是个过客。他没有祖先死在大饥荒中，没有祖父被英格兰人绞死，没有哥哥在任务中倒下，没有姐姐被监禁。我对他说，他自己是快活了，却将其他一些人置身危险之中。快活？他做了个动作以示抗议。

“儿子，我们不游戏战争，我们在打仗。”

我对他说他不能自以为有着我们的愤怒。

我在他对面坐下，把手放到桌上，掌心向上。我让他把手放到我的手旁边。我的农民的手。他的音乐家的手。蒂隆的皮，安托万的肤。一只被砖头磨糙，一只被木头抛光。皮革与丝绸。

“答应我，不要再做这些事。”

他看着我。

“答应我，”我又重复了一遍。

我对他说他还会是我们的小法国人，我们的弦乐师，他可以跟我们讲枫木、乌木、黄杨或是红木，他会把一段明亮的木材摆在我们的啤酒杯中间，用他的生命发誓这是一把小提琴的灵魂，他会为我们演奏醉酒的快步舞曲、国歌，或者坟边的一段哀叹曲，哀悼我们中的某人，他会是我们的倒影，我们的不同之处。

“我答应你。”

他听进去了。

我俯身到桌上，双手捧住他的脸。

“没仗可打的小战士。”

*

二十四岁的托马斯·麦凯维死于一九八一年八月八日，绝食六十二天。二十七岁的米奇·迪文死于八月二十日，禁食六十天。

就是在这个时候，某个绝食者的家庭要求停止殉道行为。

父亲、母亲，在痛苦的床头，用自己手温暖着僵卧的亲人的手。他们的儿子已经处于昏迷。他们要求得到喂其进食的许可。接着，另外一位母亲也让步了。接着又是另一位。然后又有八位母亲，拒绝失去自己的孩子。

绝食运动于一九八一年十月三日十五时三十分正式停止。还有一百多名志愿者等着加入抗议。其中一些偷偷把自己的名字往名单上方挪以求更快开始绝食。

几天之后，囚犯们被允许在狱中穿着便服，但仍不能自称为政治犯。

玛格丽特·撒切尔一直没有让步。

安托万步步紧跟着绝食抗议。他为自己的无能为力而抓狂。他是一个被禁止靠近的目击证人，远远地观察着我们的混乱局面。

“你不觉得小法国人能对你有用?”

我有些犹豫，看着瓦尔德。

“哪个法国人?”

英国特工做出一个表示同情的手势。

“别啊，男高音。你我之间你就别来这套了吧。”

我保持沉默。我不知道他都知道些什么。

“安托万·沙龙，你不认识吗?”

我们在街上走着，被一把大伞掩护着。

“没人要害你的安托万。”

他微笑着看着我。

“甚至相反，密汉。相反。”

我双手揣兜。我用拇指和食指狠掐左大腿。

“你是对的，你让他别再做那些傻事，但这对我们却不太有利。”

我看了他一眼。

“他跟这些事情一点关系也没有。”

瓦尔德干脆地停下脚步。我抬起眼睛。

“没有？他窝藏恐怖分子，给他们送钱，你管这叫一点关系也没有？”

“你胡说！你没有任何证据！”

“法国警方掌握了一切。他的工作室已经被监视，我呢，我建议，咱们把他保护起来。”

他继续走路。我抛出个愚蠢的问题。

“你想要什么？”

瓦尔德点了一支烟，观察着街道。

“法国人在监视他。我们呢，要让他们放心。我们要告诉他们，我们需要这个人，他们不能抓他。”

这一天，我拒绝走进公墓。在敌人的陪伴下去致敬英雄，想想就让我嗓子发紧。瓦尔德很有分寸，一直都是。他不命令，他只是建议。他让我利用绝食运动结束这一时机佯装在安托万的事情上改变主意。我得再见他。邀他来我们的秘密散步路线，问他要钥匙。

“但是密汉，只有你一个人能用他的房子。接待别的人或者再私运东西，这个免谈。他会是你的不在场证明。”

“在巴黎，我没什么可为爱尔兰共和军做的。”

“你会找到的，蒂隆。你的想象力已经很传奇了。”

两天之后，一九八一年十月十一日，安托万到达贝尔法斯特。

我开车把他带到城中高地上。

“你还准备为爱尔兰共和国效力吗?”

他看着我，一脸惊讶。他的眼睛在笑。准备?当然！他当然时刻准备着！什么时候?马上！做什么都行。我用眼神示意他冷静。我们遇上装甲车。打开的回转炮塔上有名战士，脸颊贴着枪杆，安托万朝他微笑。

“砰！砰！砰！”小提琴制作师自娱自乐。一阵法式连发射击，一串欢乐的模仿枪声，透过挡风玻璃发出。

他下次来的时候给我带钥匙。不，他什么都不会问，永远。是的，他会去机场接我，结束时再把我送回去。保证，蒂隆。只有我们俩知道，安托万?

“连吉姆也不能知道?”

“任何人。只有你和我知道。高级机密任务。”

他看着我，突然显得担心。

“你们不是要来打法国吧?”

永远不会，我的香糕战士。我们不会让后方流血。我们爱它，保护它，尊重它。爱尔兰共和军永远不会碰你的土地。它对我们是神圣的。

“你同意吗儿子?咱们就这么办?”

就这么办。当然。如果他不是身处狭窄的空间，他可能会拿出小提琴为这个重大消息拉上一段。安托万进入我们的行列。以他对我们的生活的爱，他离开了他无爱的生活。我心头涌起一种奇怪的感觉。不是羞耻，不是罪过，也没有自责。我看了他一眼。我不后悔。通过利用他，我修复了他的那点疯狂。他的模拟战争，没有危险也没有伤害。我会保护他。他闭着眼睛，双手交叉扶着后脑勺。他是幸福。我也为他感到无比幸福。

“砰！砰！砰！”

瓦尔德伏在录音机上，突然吓了一跳。他抬起眼睛询问我。

“我们碰上了辆装甲车，”我回答。

他微笑着点头。

“真是个危险人物，你的小法国人。”

三个月前，他们把一个录音器和一只微型麦克风放在我的手套盒里。每个周六，我会去城堡广场邮局里那张堆满纸的桌子上写一张明信片。磁带装在一只封了口的信封里，贴在《贝尔法斯特电信报》里面。瓦尔德进来，走到桌子旁，拿走报纸。没有对话，不交换眼神。很方便。仿佛那个人不是他，仿佛那个人不是我。

*

我慢慢认识奥诺雷，好像人们慢慢学会品鉴法国红酒那样。品尝之前我观察了他很久。他跟瓦尔德和红发警察不一样。他们待在贝尔法斯特，和他们的军事问题在一块。他们跟我见面的时候，那是战争。奥诺雷，他呢，他不是战士，而更像是个做功课的学生。我是他的课题。

我们在巴黎的朱西厄大学见面。与贝尔法斯特相反，这所校园的围栏并没有被保护，楼梯上下自由，课室门也敞开着。只有一回，在左派和右派学生之间爆发了严重冲突之后，校方开始限制非学生进入。奥诺雷问我要了一张身份证照片，说是要给我办个员工证，以防类似情况再次发生。不过保安措施第二天就撤销了，我们又得以回到老地方。天气好的时候，我们便待在室外，从教室里借两张椅子，放到空地上。我说，他记。从远处看，是老师和他的学生。在咖啡厅里，在无人的阶梯教室深处，坐在人迹罕至的某个课室的桌子上，我们与身旁的幽灵无异。午餐，我们一起吃三明治喝苏打水。谈话期间不喝酒。他要求这么做，算是照顾他。于是我把长颈酒瓶揣在兜里来赴约，趁英国人不注意就喝一口。

第一次见奥诺雷，他是使馆官员，西装革履。但在巴黎，和我一起，他更多时候穿着牛仔裤、高领衣、运动鞋。

一开始，英国特工问我一些无关紧要的事。我想他是在练基本功。对于爱尔兰共和军准备中的行动，他不感兴趣。

“我想知道的，是爱尔兰共和军所想的。”

爱尔兰共和军想的？他想知道我们内部是谁在指挥，政客还是军人。在这个话题上是否有争执，谁是代表。他问我一些关于爱尔兰局势的问题。新芬党最近一次议会上，人们为哪个发言人喝彩，又在哪个发言人上台时几乎集体退场。为什么？对运动的战略有何影响？所有这些在我看来似乎都无关痛痒。但他做笔记的方式提醒着我他是谁。他一边写一边不停地看着我，从来不低头看笔记。他估摸着画他的字母，本能地收集句子。我的眼睛，他的眼睛，隐形的线。他害怕破坏了这道连线，或是把它弄丢。他知道当我看着他，我几乎忘了他正在写。奥诺雷时不时会点点头，眨下眼，给我一个明白的眼神。我若有迟疑犹豫，他会抬起眉毛鼓励我。两个交谈中的朋友。年长者似乎征服了年轻人。我这一生，从来没有被如此倾听过。

写、说、理解，不是件容易的事，但我却渐渐对这样的交流上了瘾。我的词语不会杀死任何人，不会让任何人遭受痛苦，不会将谁投进监狱。

“我肯定你会喜欢奥诺雷的，”瓦尔德这么对我说过。

我做了一个无所谓的手势。

他有时候甚至把我逗乐。

“你不觉得把一个党叫‘新芬’，就已经是排斥所有新教徒了吗？”有天他这么说。

“排斥？”

“叫‘只有我们’，对，就是排斥！”

我笑了。

“‘我们自己’，奥诺雷。盖耳语里，新芬是‘我们自己’的意思。我们要自己解放自己。”

他记下来，撇撇嘴，将这个词圈上黑圈。

“我画圈的，就是有待确认的，”他告知。

“你画了不少圈啊……”

“的确。”

英国特工的最大疑问是我们对可能的停火协议的真正态度。我们的报纸，我们的会面，我们的游行，都在要求长久的和平。他想知道，这只是对外的口号，还是真正鼓舞着我们的念头。

“你们怎么能如此鼓吹：一手是枪，一手是选票？”

于是我像大人对待小孩那样，把事情解释给他听。我很耐心，我们有的是时间。是的，共和运动做好了谈论和平的准备，但我们需要伦敦一个明显的表态。没有这个表态，我们的人民，他们都不会允许我们放下武器。

“甚至在绝食抗议之后？”

我面对面直视他。爱尔兰共和军和伦敦之间的接触从来没有间断过。从来没有。甚至在博比生命垂危的时候，在他和他的战友们死之后。一直以来，两个阵营之间都有沟通的方法。你很清楚，我知道。所以他别再问这种陷阱式问题。

“什么明显表态？”

“给囚犯们一个表示？”

“一个表示？”

“或者一个词，一句话，给所有人一个体面的台阶下。”

“为时过早。”

“那就一手拿枪……”

他写下，又划掉了这个句子。和我一样，他深知在北爱尔兰不可能会有任何军事上的胜利。爱尔兰共和军不可能打垮英国军队。打过曾祖父母、祖父母、儿子之后，

英国人接下来得和我们的孩子、孩子的孩子作战。他点点头，一边看着我。他眼睛里有些东西。好奇，关注，甚至是好感，我寻找了很久，却无从得知。有天，他问我为什么会有这场战争。

“上天让我们成为天主教徒，枪支让我们平等。”我回答。

他把这句话圈起来，待确认，只是为了逗我发笑。

一九九一年，我们离开朱西厄大学，转战到从英格兰引进的红色巴黎观光巴士上。

“明天下午三点，时代广场，”英格兰人说，说的是自己国家的皇家大巴。

不管冬夏，我们都会爬上二层的露天平台，谨慎选择最接近的邻居。经常会挑亚洲人或阿拉伯人。听一听，如果他们之间讲的是英语，我们便换座位。奥诺雷坐靠边的位置，我则坐靠过道的位置，避免被街上的人看见。游览配有解说。旅游信息配着音乐。每人戴着自己的耳机。我们可以压低声音自由交谈。奥诺雷总在卢浮宫下车，我则是歌剧院。没有告别。下次见。

回藏身处时，我有几次从安托万的工作室经过。我从街上透过一楼的窗户看着他，他伏在一段木轴上，手里拿着小折刀。附近的居民经常会停下来看他干活。他看不到他们，

但能感觉到我的出现。他抬起头。一个示意动作，眨一下眼，抵抗者的代号，然后又埋头工作。我知道他的心在狂跳。橱窗外面站的是大人物蒂隆·密汉，他悄悄来到这里帮助他的国家开展斗争。他做了什么？运送了武器？踩了点？这恰恰不重要。重要的是他在这座城市这条街这个藏身之处很安全，这点，多亏了一位法国弦乐器师。

巴黎让我有勇气面对贝尔法斯特。和奥诺雷一起，我滔滔不绝。和瓦尔德一起，我战战兢兢。为其中一个人所做的工作让我得以为另一人提供信息。说到底，为什么不把我们的政策告知敌人呢？我们有什么好隐瞒的？没有。新芬一直都在寻求与英国人建立对话。在这里，在巴黎，奥诺雷和我，我们开始了和平谈判。十一年里，他就是我的玛格丽特·撒切尔，然后是约翰·梅杰，然后是托尼·布莱尔，而我，我是他的爱尔兰共和军。

但我首先是蒂隆·密汉，共和派战士。我不否认什么，也没有玷污什么。我把多秋路那个混蛋抛在身后。在巴黎，我没有背叛，我在教育别人。我所做的工作是有益的、积极的、至关重要的，很可能是历史性的，是运动里还从来没人尝试过的。未征得领导同意，甚至都没他们的批准，我通过敌人的大使和他们直接联系，我们在准备未来。令人眩晕，比醉意更强烈。我感到自己比任何人比其他一切都强大。比我们的政客、共和军军委、瓦尔德、红发警员更了不起。比记录我的口述的诺福克郡男孩奥诺雷重要太多。我从没感到过如此这般的权力。这一生，我从未有过这样的力量。我不服从于任何人。我在书写自己国家的历史。秘密地，无声地，背着自己人、冒着背叛他们的危险，我以我的全部力量为我的祖国服务。这跟在屋顶往夜间巡逻队开出可笑一枪比起来，对和平不知有用多少倍。

奥诺雷的眼光中，有尊重。这个独特的闪光，这份全神贯注，这种我无法言表的美，是尊重。奥诺雷尊重我。他如饥似渴地喝下我的每句话。有些信息他会画圈，等待求证。但越来越少。有天，“着迷”一词将我狠狠灌醉。是的，精准无比。就是这个字眼。我让敌人着迷，他尊重我。他不再掌控我，而是我拿捏着他。

一九九四年六月的一个下午，当我们的巴士停靠在特罗卡特罗的时候，我将奥诺雷的尊重转化为钦佩。我刚刚告诉他，中止战争状态的决定已经由爱尔兰共和军做出。他没写字，而是看着我。半晌说不出一句话。然后他扭过头。埃菲尔铁塔，嬉笑的游客，卖纪念品的商贩。没有威胁存在的天空。当他回过头来，我想我看见了一个孩子。

“你肯定，蒂隆？”

蒂隆。不是密汉，不是男高音。父亲给我的名字。是的，我肯定。我知道。年底之前。这个夏天，可能。

“休战，”奥诺雷自言自语。

“不。是完全中止战争状态。”

他又看着我。目光如抚。然后，他第一次将视线从我的眼睛上挪开，低头写字。他的手在颤抖。仿佛在努力不让这句话跑掉。

“完全中止战争状态。”

他又读了一遍，注视着这句话，一直到战神广场。

他没有画圈。

英国人会跟爱尔兰共和军谈判。新教徒将不得不接受我们出现在权力的缝隙中，然后是决策席上。是的，有天爱尔兰会重新统一，成千上万的孩子会嬉笑着踏过国境线。是的，我们的女人、男人、姑娘和战士会穿过田野向共和国的弟兄们奔去，他们终于可以紧紧拥抱、亲吻、发出快乐的尖叫。是的，起风了，太阳照耀着我们的旗帜。从城市到村庄，从贝尔法斯特的马路到都柏林的大道，从威克洛的山丘到基利贝格斯的海港，我们突然跪下，为我们的烈士祈祷，感谢上苍。新教徒兄弟会握住我们伸出的手。永远不再有战争，和平永存。而我，我会在一个阴暗的角落，连军装都没穿，没有勋章，没有朋友，没有欢呼。我站在人民中间，无人知晓，匿名存在。我，成就这一切的我，我终于可以向达尼·芬利、向吉姆·奥列瑞请求原谅，向我的梦想请求原谅。

二十

我梦见过这一天。四十八年来我从没停止过相信这一天会到来。一九四二年九月二日，十九岁的汤姆·威廉姆斯像狗一样被埋在克鲁姆林监狱内的一条沟里，二〇〇〇年一月十九日，他的遗体终于被归还。

遗体出土的时候，他的家人、最后和他一起扛枪的兄弟都在场。战友们让我去。我没能够。我头天晚上喝了酒，一整夜，早晨还醉着。希拉替我准备好参加葬礼的服装。

“怀念一个在我们打纳粹的时候杀死我们的人的家伙，真是奇怪，”瓦尔德说。

“爱尔兰高于一切，对吗?”奥诺雷问我。

是这样，是的。我懒得再回答，两个都不想回答。这一天，这个时间，当我走进科罗纳德的圣保罗礼拜堂时，我只是那个接过汤姆托付的板棍球的小男孩。我兜里揣着这只球走进去。酒精使我走路摇晃。他们在那里，所有人。坐在第一排。内尔，他永远的未婚妻。约翰，和他一起被判死刑后被赦免。比利，艾迪，玛姬，乔，他的队员。乔举起拐杖向我示意。他让其他人挪一挪。我用微笑和手势拒绝。然后我做了个饮酒人的动作，抓着一只隐形酒杯的手在张开的嘴前颤抖。朋友们，我喝醉了。高了。我的血液在酒精里，流出的汗是啤酒。乔投来难过的眼神。他耸耸肩，然后转过身。

我随便找了个地方坐下，在某一排的尽头，不在最后面，但也差不多了。

希拉没有来。她在多秋路路边等着，跟其他几千人一样，手里拿着我们的旗。光荣的人墙是送行的队伍。

“曾经失去的人又找回来了，”奥多纳尔神父在葬礼弥撒上说。

汤姆·威廉姆斯，回归的浪子，他正是在这里受洗。也是这里，还是孩子的我们佯装祈祷，实则商量重要的事情。

“汤姆回家了，我们怀着喜悦的心情迎接他……”

我看着他的灵柩。它在黑暗中颠簸。三色旗钉在白木上。有些时候，教士们会拒绝让共和国的象征、黑色贝雷帽和战士的手套进入教堂。得和他们谈。或者赶走他们的人，指定我们的神父。但是这一天，一切顺利进行。汤姆是为了这面旗被绞死的。爱尔兰的土地应该把他们一起迎来，科罗纳德的神父没异议。

我低下头，闭上眼睛，在要跌倒前赶紧睁开。我感到周围有尴尬的目光，有同情，还有叫人倒胃口的友善。从葬礼出来，十几双手像希区柯克的鸟一样向我扑来。温和的，坚定的，爱抚的，羞怯的，重重拍下的，轻轻掠过的。我感觉不到我的胳膊和腿。我在脑袋里尖叫。受刑人的尖叫。灵柩抬出来时，我哭了。老男人干涩的眼泪。白色的酒精在我的老皮革上划过。人群密集到让我害怕。我在装。我装出高兴的样子。我模仿胜利的表情，拷贝别人的喜悦。天又干又冷。我等这一天等了五十八年，而这天真正到来时却把我深深刺伤。幸福中间是我无表情的脸。

爱尔兰共和军已经放下武器。和平的第一个孩子叫萨缪尔·斯图尔特，生于一九九四年八月三十一日，停火协议生效几分钟之后。最后一名被我们的人杀死的英国士兵叫史蒂芬·瑞斯托里克，二十三岁的他在战争的最后混乱中倒在狙击枪下。

我们的政治犯都被释放，所有的。有些人进了市议会，有些进了行政机构或国家部委。笑一笑，蒂隆，老天啊！看看汤姆的灵柩在我们的城市里，在人们的肩头。有多少次你半夜醒来暗中祈祷这个梦实现？什么？怀疑？当然，怀疑还会有！所有人都知道，蒂隆。两个社群之间互相害怕？是的！肯定。向历史说再见没那么容易，会有愤怒，甚至仇恨。还有牺牲者的家人觉得罪人未受惩罚。但是，毕竟，不管怎样。你父亲、汤姆、达尼的梦想。和平，蒂隆！这就是你正在经历的！

几周之后瓦尔德会回英格兰，红发警员会上十字街口指挥交通，奥诺雷会去教授爱尔兰历史，一切将消失。看看你身边，蒂隆·密汉！人们用眼神为你欢呼。没有人知道。没人会怀疑。你会没事的，我的老同志！你已经好几个月没给敌人任何消息啦。而且，有什么可给的啊？不需要秘密公墓，不需要皇家巴士啦。战争已成过去，蒂隆。昨天，你的头儿们还下令用迫击炮轰炸唐宁街十号。今天，他们已经那儿和英国首相喝茶了。共和军的老战士们和新教徒准军队的老兵以及在议会的咖啡厅前排队要求领剩余的面包。你最后一次见瓦尔德，他出于习惯还听你说话。奥诺雷不停看表。你对他们没用啦，蒂隆。事情就是这样。行啦。他们会忘掉你的。你也会忘掉他们。一切都可以被遗忘。

我转身面对着墙壁，吞下忧伤的伏特加。

“蒂隆？”

他们让我抬灵柩。老兵们抬了，头儿们也接力了。快，到你了，蒂隆·密汉。拿出你该有的样子来。六个人，一边三个。快，男高音，让你的英格兰朋友乐一乐。来张照片，明天上报纸？谋杀达尼的人被汤姆缠住了。我不能呼吸。我向来没好好呼吸过。我从一开始就知道空气最后总是会不够用。两个年轻人帮忙把灵柩在我右肩放好。我绊了一下。二人互相对视无语。棺木另一边是个从德里来的男人。他用手绕着我的脖子，我也抓着他的脖子。我们在重压下慢慢前进。我能感受到裤兜里的那只小球。我凝视着冬日的天空。我很不好受。我已记不清痛苦的重量。我看着马路边的人群，他们在向我们致敬。

我认识每张面孔，我能叫出他们的名字。蒂姆，蹲了十八年监狱之后，为妻儿成了外国人，却难以担当父亲的角色，每天晚上睡在孩子们的大床边。瓦力，他向街上的孩子解释不能再朝装甲车扔石头，永远不能，扔石头，那是以前的事了，那时候，孩子们会因此而死。麦克葛文兄弟，三营的军官，满怀同样的勇气沦为失业者。中途停止了绝食抗议的保罗，咳嗽，一瘸一拐，打着瞌睡等死。泰利，阿兰，戴夫，利安姆，开上了出租车，成了侍酒生、夜店保安或木匠。我们不是一个国家，甚至连一座城都不是，只是一个人口众多的大家庭。我回应着人们的眼色、手势、点头致意。我自以为把他们赐予我的自豪都归还。我在演戏，在作弊，在撒谎。我再没有尊严可以回应他们。

我等这一天等了五十八年，它终将要把我变成另一个人。即使所有人都把我忘记，我也无法忘记自己。这几个小时过去，一切都将消失。我不再和我的人民并肩前行，我要离开他们。我不再是这里的人，他们的人，我们之间什么都不复存在。当我看到马路边上那么美丽的希拉，我闭上了眼睛。凯茜，丽兹，翠西，这些女斗士们就在她左右。灵柩经过时她们要在胸前画十字，她们也有着一样狂热的心。孩子们也在那里，几百个人，穿着校服，老师领着他们，重复着写在黑板上的汤姆·威廉姆斯的名字。

当人们问我是否愿意让出我的位置时，我粗暴地拒绝了。我一脚推开了下一个抬棺者，还往地上啐了一口。汤姆·威廉姆斯是我的。一九四二年一月，他把我烧坏了的床垫安放在多尔普尔巷我们的新家中。他向我伸出手让我叫他汤姆。我为他监视着我们的街道。为他，我学习了我们国家的历史，我在凯恩街的拳击台上打拳，我朝敌人放火。是他把第一发子弹放到我的手心。我和他并肩作战。我为了他挨打。我为了他脱下费奥纳多彩的制服，换上沾满鲜血的军装。所以别来烦我。让我再扛他一会儿，再走几米，别烦我！这个棺木里躺着的不只是汤姆。没人知道，啊？有天晚上，童子军的我穿着裤头睡下。第二天一早，我就成了这个老头。两者之间，几乎什么也没有。一小段时间。还有火药、粪便、泥煤和迷雾的气味。所以你们都走开。

我带回了汤姆。我把我的头儿、我的朋友、我的兄弟扛在背上。我把他带回家。我要打开大地里他的床，把我的童年也丢进去。

二十一

二〇〇六年十二月二日，我被邀请去参加迪尔德丽的婚礼，她是昔日长基囚犯帕特·谢里登的孙女。有点什么东西不对劲，某些目光中有刻意的缄默。希拉和我到的时候，年轻的新娘子正手持酒杯高举双臂在酒吧桌上跳舞。屋子里人满为患。我们的桌子被留出来，我往老位子走去。舞台上，乐队正在演奏一些六十年代的音乐。我们错过了国歌和新娘父亲致辞，而且我没系领带。

迪尔德丽一看到我就笑着使劲挥手。

“蒂隆，你可算来了！再晚十分钟，你参加的就是我的离婚仪式啦！”

我眨了下眼，伸出大拇指打招呼。我不想来。希拉坚持要来的时候我已经准备睡觉。希拉穿上了带白色花边和袖口绿色的天鹅绒礼服，别了一把大压发梳在灰色的头发上。

“没人能理解的，蒂隆。而且我也不想对他们撒谎。”

我说了我头疼，然后是肚子疼，然后哪儿也不疼。仅仅是不想去。希拉依然微笑着把我的灰西服放在床上。于是我穿上西服，跟她去了。

这天晚上酒吧吧台不营业。来人自带酒水。我的纸包里有十罐吉尼斯和一瓶伏特加。希拉拿了一小瓶金酒和一大瓶汤力水。一排果汁列在吧台上供人自取。我们的桌子已经坐了两个人，是迪维斯的居民。椅子从人们头顶传过来了，掠过挂满天花板的白色纸花。几分钟后，希拉脱了鞋开始跳舞，就这样，没有预热，着急得有点可笑。她要弥补错过的派对、女伴和醉意。我在卫生间碰见了新郎官的哥哥。我们曾经一起蹲监狱。

“真棒啊今晚，是吧杰瑞?”我出于礼貌说了一句，一边猛烈地撒尿。

他扣上扣子。

“就像你说的……”

杰瑞·谢里登从来没怎么爱说话过。在长基，狱卒们管他叫“牡蛎”。他不跟他们说话，一个字也不说。他跟我们也不怎么说话。但他用眼神微笑。这天晚上，杰瑞连头都没回。这是第一次。也许是对我的迟到耿耿于怀。

我们错过了弥撒，也错过了多秋路上的好戏。他们租了一辆英国人的撒拉森装甲车当婚车。一片笑声和欢呼声中，新人在教堂的台阶上被四名身着英国军装的假战士拦下，爬上装甲车打开的转炮台向生活高呼，一路被喇叭声簇拥着到了酒吧。我不喜欢这样的游戏。十年前，我们拿弹弓打这些卡其色的蟑螂，如今我们的孩子付钱坐上去。他们把车贴满鲜花和彩纸，将国旗挂到天线上，安装了高音喇叭，在民族派的街区里开过，摇滚乐嘶吼，发动机轰鸣。

“这就是和平，蒂隆，”一辆披着节日盛装的装甲车轰隆隆从我们身边经过时希拉说。

她挽着我的胳膊，笑着，举起幸福的手。

“和你们相反，他们一个枪子儿都没打就赢了。”

她在逗我，我趁着假生气的工夫挣脱她的手，高喊“爱尔兰共和军万岁”，一边挥舞着我的帽子。

从厕所里出来，我留心看着杰瑞·谢里登的桌子。牡蛎在跟米奇说话，脑袋挨着脑袋。他扭过头。米奇看了我一眼，嘴唇发白。

米奇出狱的时候，我们互相拥抱。参加袭击博比那次行动的所有人中，我是唯一一个安然无恙的。我出卖了米奇，泰利不久后也落网，还有简，本该骑车过来收手枪的姑娘。甚至是迪维斯的那俩，我们的后援，也进了监狱。

米奇在严刑下招了供。就是因为他所有人才被捕，但没人怪他。

有一次他喝了酒，公开表示对我没被抓感到惊奇。

“为什么？他们知道关于我的什么事吗？”

米奇反对。没有！他们什么都不知道，但因为我在这地方很有名，所以他们本可能想到什么，仅此而已。我皱起眉头。我还清楚地记得那一刻。

“米奇，你肯定你没什么要跟我说的吗？

我的朋友开始发抖，从嘴唇到手。警棍带走了他一半的牙齿，一条胳膊也残废了。他不明白我想说什么。他发誓没有，神色慌张。我觉得自己是个可憎的混蛋，比魔鬼还狡猾。

他很可悲。他把关于我的一切都招了，每个动作，每个想法，他在骨子里背叛了我。英国人只需像采果子一样把我摘下。好几周里，他害怕看见我穿过牢房的门，害怕看见我被打烂的脸和我的眼睛正对着他要找他算账。然后，好几年里，他希望我被捕。与其怀疑我，他宁愿面对我的愤怒。他在等我。徒劳。于是他明白了我的自由是有代价的。而这笔数目就是他。

自打他出狱后那次拥抱起，我们就拴在一起了。他带着他的秘密，我带着我的秘密。我们得一起面对和平，忍受沉默的伤。从那以后，我们尽量互相躲着。我还是蒂隆，他依旧是米奇，但是放下武器，我们也埋葬了真相。

不可能是蔑视。不是，不能是对我。我应该是撞见两个男人间一场痛苦的对话。夜里的酒后吐真言。九天前，米奇成了鳏夫。他说过，没了妻子没了战争，生活就什么也不是了。是这样。我刚刚只是撞见了米奇的悲伤，他面对和平和失去妻子后的慌乱。

这天晚上晚些时候，我碰见了麦克·奥多勒。他也是，他观察着我。他回到自己桌旁，从酒杯上方留意着我的一举一动。十四天后，是他来审问我，是他来问我的姓和名、出生日期，像是个可笑的礼仪。是他要来撬开我的嘴。

“蒂隆，你从何时起背叛了我们？”

可怜的娃。在前辈面前僵硬笨拙地用问题和眼神斥责着他。这天晚上，他是否已经知道？我从没问过。希拉有些醉意。有那么一下子，她碰到了麦克的椅子。他笑着站起来，合着她稍微跳了几步，又重新投入沉默的观察中。

他们知道！

这是必然。他们，所有人，都知道。这场婚礼是个陷阱。希拉为了让我开口把我拽到这儿来。我把她的金酒倒进我剩下的啤酒里。我看着其他桌子，有许多半满的杯子被遗忘。我会帮忙消灭的，偷偷把这些被浪费的酒都喝掉。

不，他们什么都不知道。这天晚上只是不太痛快。二十五年来纠缠着我的这些人，我再读不懂他们的眼睛，认不清他们的唇语。我把拥抱当成推搡，把沉默当成轻蔑。

然而，这天晚上，在我熟悉的俱乐部里，许多眼神欲言又止。不是女人们，也不是远方朋友或路伴的眼神，而是一起扛枪的弟兄。生平第一次，我看见爱尔兰共和军像看见敌人。因为，爱尔兰共和军，爱尔兰共和军，它还在。战火已停，和平进程已生效，我们的武器正一件件被销毁，可是它还在那。在这张挤满人的桌子边，在那个吧台后面，在窃窃私语的人群中，在门边，在桌与桌的缝隙间，在这身深色的西服或那件浅色衬衣里。它在那里，充满敌意。我感到它的怀疑。我认得它的动作它的方式，它避让的手法。这辈子我一直在怀疑人。怀疑过不知多少人。我在朋友的耳边悄悄说出可疑者的名字，我用手指着他们。我从高脚凳上下来或穿过街道，然后站在那里，在他对面，跟他说该上哪儿上哪儿去。而今天，这个可疑者是我。蒂隆·密汉，喜庆之夜，被窥伺，受监视。牡蛎趴在米奇肩头，对我指指点点。我喝了别人的一杯酒。苦涩的利口酒。我又热又冷，感觉不到肚子也感觉不到心。我想吐。我很怕。迪尔德丽到我桌边来时，我正好站起来。

“快啊！给蒂隆·密汉来一杯，不然他就溜啦！”新娘子喊道。

有人给我递过来一杯黑啤。还有另外满满五杯在候着，因为等得太久而没了泡沫。谢里登家的姑娘坐到我的大腿上。

“你别拉着脸啊，希拉的小男人！”

我妻子老这么叫我，结果这个名字传遍整个街区然后是整个城市，说不定全国人民都知道了。我表示歉意。你知道，小姑娘，我毕竟八十一岁了。快到头了，这一天天的有点长啊。

“到头？蒂隆·密汉，你会活到一百岁的！”

她笑着站起来，亲吻了回到桌边的希拉。我碰上了麦克·奥多勒尴尬的目光。一百岁？我想他在摇头说不。

*

第二天是个周日。十一点，手机响起。

“蒂隆？是多米尼克。”

我正在客厅读《周日世界报》，打翻了咖啡。

“中午公墓见。”

一字也不多说，他挂了电话。

我很久没见红发条子了。也很久没再去亨利·乔·麦克拉肯的墓上。我默默站起来。希拉去做弥撒了。我也不再去弥撒。他们禁止我领圣体，那我就剥夺他们听我祈祷的权利。我没开自己的车，打了辆车。星期天。雨，城北楼房的灰色墙面，街上无人。我拐了个弯，步行绕圈，手里拿着报纸，给自己分配了个角色。我戴着鸭舌帽和深色眼镜，围巾围到了嘴上。

绕到第三圈时，红毛出现在栅栏边。他一看见我就钻进一辆车里，打开副驾驶的车门。我看看四周，第七天的惨淡。我上了车，他发动。

我本能地拉下遮光罩挡住我的脸。他开上高速公路。我很生气。说好是我打电话，我，一直是我。他们不能像按铃叫家奴一样找我。我在等他先开口。我转头看他，他看着路面。

“结束了，蒂隆。”

呼吸停止。

“什么结束了?”

他依旧不看我的眼睛。

“你，我，多米尼克，男高音，这坨屎。”

我任由自己深深窝进座椅中。我忘了系安全带，我把它扣上。我想我在微笑。结束了。总算。我将得以重生。

“为什么是你来告诉我?瓦尔德不在了吗?”

无语。他动了下下巴。

“你知道蒂隆，英格兰人……”

“英格兰人怎么了?”

“他回伦敦了。他的任务已经结束。”

“奥诺雷呢?”

“回去做他的研究。”

那更好。少了俩。如果他们一个接一个走掉，那我们放下武器算是做对了。

“那我呢？我会成什么我?”

“蒂隆，我们给你想了个办法。”

“办法?”

我们在新教徒的地盘。墙上到处画着英国国旗。还有一六九〇年打退天主教军的威廉三世的肖像。几幅军事壁画，致敬当年的战争口号:“我们不会投降!”

警察贴着一个公园停了车。

“蒂隆，我们去走走。”

我的心狂跳，我的腿发软。渴，非常渴。上颚如硬纸，舌头如粗呢，嗓子说不出话。我等着。我盯着他缓慢的脚步，看他点烟，递给我，在火苗周围迎接我的目光。

“你得走，蒂隆。”

“发生了什么?”

十分苍老的声音。

“我们会先送你到某个地方躲一阵，再让你安全回国。”

“回答我，他妈的。发生了什么?”

警察吸了一口烟，为自己赢得时间。

“我们会给你一个新的身份。你会有住处和十五万英镑，够你临时撑一段时间。”

我抓住他的袖子。

“我不要你的钱！我是爱尔兰人，我要留在爱尔兰！”

“你没得选，”新教徒警察轻轻说。

我看着他。我从来没见他这么镇静过。

“我完蛋了？是么？”

“是的。”

我用报纸狠狠拍了一下公园的栏杆。

“该死的！这怎么可能？到底发生了什么？”

“停火协议让许多路线都变了……”

我抓住他的肩膀。他比我高大，比我年轻，他本可以一个眼神就把我推翻在地，但他任由我对着他吼。

“这是你们干的？该死的！你们出卖了我？”

“不，不是我们，蒂隆。不是阿尔斯特警察。”

“是军情五处？是那个不得好死的瓦尔德？”

警察挣脱了。他把手插进兜里。

“蒂隆，你以为呢？说实话？你以为这一切会怎么收场？”

“你们为什么不能让我清静点？”

“就是因为现在和平了，蒂隆。战争时期你对他们有用，和平时期你对他们也会照样有用。”

“我一点也不明白！不明白！”

我大声叫喊。他用手按住我的胳膊让我冷静。

“新芬收获了和平进程的成果。你们处处得势，马上就要成为北爱第一大政党，而这个，他们不想看到。”

“这些跟我有何干系？”

“伦敦不喜欢你们，都柏林也不待见你们。你们放下武器了，他们也不能再朝你们开枪，但他们照样能毁你们。”

“你到底想说什么？”

“一个叛徒，能让一个团体士气扫地。就像一个碎裂弹一样，炸得弹片四面八方都是。所有人都会被叛徒所伤，而且很难再复原。”

“你们是畜生！”

“我来就是想保护你。”

“他们什么时候把我交出去？”

“已经交了。”

我无法呼吸。

“他们把我卖给爱尔兰共和军了？”

“不是卖，蒂隆。是送了份大礼。他们还说你们运动总部里有三名特工。”

“胡说八道！”

警察笑了。

“也许吧蒂隆，但是爱尔兰共和军不会只听你的意见。所有人会怀疑所有人，一切会乱套。”

“一帮流氓！”

我转过身，朝大街走去。

“蒂隆？”

他跑着追上来。

“别乱来，蒂隆。他们会来找你，你会被审问。你很清楚他们怎么对待叛徒！”

“现在有和平进程，他们不能碰我。”

我接着走我的路。我希望他再追上来，希望他跟我说，告诉我其他人怎么样。背叛之后是什么？我们会怎么样？去哪里？作为叛党分子死在英格兰？流亡到美国？澳大利亚？拿假身份证，假住址，假工作，假朋友，假的生活。然后爱尔兰共和军会把叛徒们一个个找到。到了哪里都能找到。过了多长时间都能找到。已经有六十多名密探被处决，另外几百人被驱逐出了我们的城市。

不！我不要追随他们。我什么也不干。我留下。我在自己家里。我有和其他所有爱尔兰人同等的留在这片土地上的权利。

我希望他追上我，拦腰抱住我，强行把我带走，宽慰我，把我藏起来，保护我。但他没动。我在街角拐弯时，他已经上了车。我没有再见过他。他说他叫弗兰克·康格里夫。我从来不知道这是不是他的真名。也不知道他的左眼是如何被弄瞎。

*

“蒂隆？”

我正睡着。我从床上坐起，张着嘴，沉重地大口呼吸。重回水面的潜水员。

“麦克·奥多勒和欧仁·穆雷来了。你知道的，小熊……”

希拉在我床头，双手拽着睡衣抱在胸前。空气稀薄，我的太阳穴直跳，额头冰凉。

“你这是呼吸暂停，得去看医生。”她老说。

夜晚在我的眼神里。我从远处回来，非常远。大汗淋漓的梦，充斥着尖叫。我站起身。我在发抖。

“你还好吗，蒂隆？”

我把光脚塞到皮鞋里。

“要不我跟他们说你病了？让他们明天再来？”

“他们在哪儿？”

“客厅里。”

“我下去。”

“他们看起来不太客气，你知道，”我妻子低声说。

甚至在了解事情之前，她已经明白了。灾难到来之前动物的本能。有些什么事情会发生在她丈夫身上。有人会害他，她心里预感到了。经历了太久的战争，以致她无法信赖这份和平。

那是二〇〇六年十二月十四日夜里十一点。两个爱尔兰共和军的人来敲门。这不正常。他们紧绷着脸，眼神里写着坏消息。他们没有对希拉微笑，还拒绝了她的茶。她忧心忡忡。我让她留在楼上。

“求你了，我的妻子。”

她点点头。有多少次她为我的归来铺好床，在夜里祈祷死神将我忽略？她太了解我了。她知道危险在附近时我会有什么举动。

“你做什么了，蒂隆？”

我用手指头轻轻按住她的唇。我在她面前关上门，下了楼。

小熊在看壁炉上的照片，麦克等在楼梯前。我出现时，前者摘下了头上的羊毛帽，后者还戴着。我笑得很难看，介于悲伤和藐视之间的勉强肌肉抽动。我伸出手，没人握。

“麦克，欧仁……”

短促的点头致意。

小熊看了一眼奥多勒。尴尬的沉默。

“我们有个问题，蒂隆。”

我又一次微笑。

“你们有个问题？”

“你有问题，”小熊回答。

我示意扶手椅和沙发。他们保持站立。

“有很多关于你的传闻，蒂隆。很不好的传闻。”

麦克·奥多勒本来双手插兜。他端正了姿势。尊重的表示。我得分。

“什么传闻，麦克？”

“你可以跟我们走吗？”

我看了看窗外。蕾丝窗帘没有掩盖住停在街上的车，车上坐着两个人。

“不，不能像这样。别在夜里。如果你们真有事要说，派个军委的人来。”

“蒂隆，你知道是他们派我们来的。”

“你这是在浪费时间，麦克，程序是怎样的我很清楚。”

“穿上你的大衣。”

去不去，决定我的性命。我敢肯定。停火还是不停火，这时候离开家，就等着在边境线上被赶下车干掉。他们必须离开。回头再来，白天的时候，而且收起这种眼神。

“快点，蒂隆。”小熊说。

“老天啊，你们难道从来没喝醉过吗？”

句子脱口而出，拼凑起来的话从我嗓子里被吼出，像一记蹩脚的拳，打得出乎我自己意料。麦克瞪大了眼睛。欧仁皱起了眉。我捏住他们了。意外换了阵营。不能多给他们哪怕一秒的时间。我得立马逮住他们，像在乡下捉兔子那样。

“你们想让我后悔？是吗？行！我后悔了。但你们不该为这点破事就三更半夜上门捣乱！”

对面没反应。一样的意外。他们努力想弄明白。我，我在演戏。我放声大笑。我的棋子在前进。我太清楚他们的把戏，有些规则根本就出自我的手。瓦尔德自认更强，奥诺雷更细腻。红发条子看我时眼里总有几分惧怕，而我，我在钢丝上跳舞。

“让乔·卡希尔来，其他所有人，我会公开道歉。”

轮到麦克·奥多勒摘下帽子了。他曾经在我屋檐下，他突然想起来，突然发现自己面前是位军官。

小熊面色惨白。

“你在说什么，蒂隆？”

“怎么，我在说什么？我道歉！我做好在托马斯·阿什的舞台上下跪的准备，你们还不满意吗？”

我走到厨房，拿了一瓶啤酒，边喝边看着他们。我正在赢。死神赶着他的路。他们很渺小，客厅很大。

我放低声音。

“我不该在汤姆的葬礼上喝酒。别出丑闻，这我知道。但怎么说，也没必要为这点事兴师动众！”

“蒂隆，他们说你是叛徒。”

小熊先兜不住了。我吐出一口啤酒，重新站起来。

“我没听清。”

“英国特工，”麦克·奥多勒重复道。

死神进门了。他在附近转悠了半天，爬窗上墙赶路，放弃，现在他来敲门了。

“出去。你们俩。”

“蒂隆……”麦克还想说。

“闭嘴，奥多勒！你知道什么？你入伍后都学了些什么？英国佬用两种武器打仗：宣传和步枪！”

“我知道，蒂隆。”

我大声喊着。

“不！你什么都不知道！我们正在赢得这场战争。他们对我们放弃杀戮，但还想打击我们！他们丢过来一瓶毒药，得！所有人都往肚子里吞，你也吞！”

我怒不可遏，真的。口中含血拳头带刺。我不再演戏。我把我的愤怒喊出来让整条街都听见。我听到楼上的门响了，希拉的脚步踩上头几级楼梯。我在发抖。我的嘴扭曲变形，嘴角堆着白沫。我眯着眼睛，强压眼里的怒火。我仿佛身处街垒之后。

“他们还说了什么？有多少叛徒和我一起？俩？十？全城都是？谁敢跟我说你不是叛徒，啊，麦克·奥多勒？还有你，欧仁·穆雷，你不是天天在问问题吗？”

两人互相对视。希拉慢慢下楼。

“你们意识到没有？你们在干英国佬的脏活！来吧！我们揭发蒂隆·密汉！然后是米奇？谢里登兄弟，还有小新娘迪尔德丽？顺便捎上希拉？”

我突然转身，我妻子面如土灰，光着脚站在头一级台阶上，双手合十，跟妈妈一样。

“老天啊！希拉·密汉，你在监视我们？”

“没有！”

老鼠的叫声。

我抓住她一只胳膊使劲摇晃，直到她失去平衡。

她大声啜泣。她很害怕。这是我第一次把她弄疼。我没意识到。

她摔倒在地，睡裙开了，露出一小角乳房。小熊低下头。麦克往前走。

“住手，蒂隆！”

我已然疯了。希拉任凭自己侧身躺在客厅中央的地板上。

麦克将我拦腰抱住。小熊试图把她扶起。她有个反抗的动作，又重重摔到地上。我们的目光交汇，她已经被摧毁。她面向墙侧身躺着，弯着脖子，手捂着脸，膝盖蜷到胸前，婴儿即将出生的姿势，或老人即将死去的样子。

帕特里克·密汉！我看到他了，在碗橱的镜子里。一个高举着拳头的混蛋，我父亲和他的孩子们。小蒂隆，小希拉，惊骇中的兄妹。麦克把我按到墙上，我破口大喊。

“流氓，看看她！看看你们都对我妻子干了什么？”

大门打开。两个人走进来，三营的老人。

“邻居们很担心，”岁数大点的那个人说。

我还在大喊，最后一次，要让黑夜作证。

“我是蒂隆·密汉，爱尔兰共和国的战士！谁也不能阻止我为国家的自由而战！”

其中一名志愿兵做了个手势。

“放开他，麦克。”

年轻人把我松开。我站着，双脚开立，双臂张开，像一个刚挣脱锁链的男人。

小熊第一个往外走。他一声不吭转身离开了暴行现场。麦克重新戴上帽子。他看了我一眼，我也用眼光回应。他撇着的嘴角有遗憾的意味。他走出门，死神也和他一道。另外两人也走出客厅。走到马路边上时，年长的那个转回头。弗拉纳甘，应该是。我在长基见过他。

“你知道在哪儿能找到我们，密汉。不过别拖太久。”

然后他便走了。

我等着。大门敞开。一位女邻居出现了，头上披着头巾。她手上有个动作，然后轻轻把门关上。

希拉没有动。她靠墙躺着，双手围着脖子。她呻吟着，浑身发抖，左腿不停抽搐。我先是跪到她身边，然后在她背后贴着躺下，像周日早晨时间充裕的时候那样。我把她抱在怀里，紧紧抱住。她的头发蒙上我的脸，她的手指攥在我的手中，我闻到她枯萎的味道。我的呼吸等待着她的呼吸一起恢复。我浑身滚烫，她周身冰冷。

她的声音，尽是痛楚。

“你做了什么，小男人？”

二十二

早晨，我们的奶瓶被砸碎了。门口和石阶上全是玻璃碎片。送奶人布莱迪，共和军二营的老兵，是个正派人。我没法想象他大清早把奶瓶往门口墙上砸。

“肯定是小孩，”希拉自言自语。

肯定，是的。

随后她出门去街角的小杂货铺取面包和报纸。杂货铺老板泰利·摩尔曾经和我一起在克鲁姆林蹲过，他儿子比利又跟我一起进了长基。好多年来，每天早晨，泰利都为我们留好四份报纸。先是《爱尔兰新闻》，北爱尔兰天主教群体的报纸，《新闻简报》，新教徒方面的竞争对手。还有伦敦的《卫报》和都柏林的《爱尔兰时报》。街区的居民都有订报的习惯。泰利会仔细地用蓝色钢笔在报纸边写上各家的姓。逢周末，碰上他精神头好，他会在我们的那捆上写“罗尼”或“小男人”。如果他写的是“密汉”，那就是我们之间出了问题，多喝一杯之后多说了两句之类的。但一般不会持久。第二天，他会在报纸上画一个幼稚的小脑袋，写上我的名，还有“你请我喝杯吉尼斯，咱过往不究”诸如此类的话。那是我们握手言和的方式。

二〇〇六年十二月十五日星期五，希拉拿了面包回来，但没有报纸。

“什么叫他没给留？”

“他就只说了他没给留。”

“没别的？你确定？”

当然，她确定。她向我描述了商店里的缄默，柜台后爱尔兰的眼神，泰利的尴尬。他给她拿了面包、鸡蛋、培根和香肠。她把手往玻璃柜台上那沓报纸上伸的时候，掌柜低下眼睛。

“希拉，今天不行。”

“为什么？”

“你有东西做午餐，已经不错了。”

我从桌旁站起来。我气坏了。我要去找杂货商泰利，送奶人布莱迪，还有我们的邻居，一个挨一个。有什么问题？我们昨晚太吵了？还是对谁说了什么不对的话？让谁不好过了？我拳头里攥满问题，要去整个街区里转一圈，希拉把我拦下了。我跌坐到椅子里。她拉着我的手，跪到我面前。

“如果你有什么想跟我说，那就说。如果你不想说，我也理解，但求你，别对我撒谎。”

然后她站起来走了。她倒了一盆水，拿了把刷子，跪在地上刷洗因为牛奶变得黏糊糊的门槛。

我套上大衣，围好围巾，帽檐盖住眼睛。天上飘着雨，时不时有阵阵狂风从港口方向刮来。我身后传来硬毛刷刮水泥地的声音。不幸在周围徘徊时，希拉会用家务活麻醉自己。擦擦洗洗，把我们的小世界弄得锃亮，一边感谢每样物件的存在。

我顺着多秋路走，沿路的砖墙满是敌意。我点头示意要了辆往安迪顿方向开的多人出租车。我认识布兰登，和共和派街区大部分司机一样，之前都蹲过监狱。圣约瑟夫教堂的神父坐在前排司机身边。后排座位上有位抱着小孩的年轻女子，坐在穿校服的女学生和一位老人中间。一个年轻人占据着对面的折叠席，他旁边的位置是空的。女学生默不作声地替我把折叠椅放下。连通前后的窗户传过来广播的声音。播音员在柔软音乐的伴奏下宣布贝尔法斯特在下雨。

“这个，咱们知道。”神父笑语。

司机关掉收音机。沉默笼罩。我需要空气，更多更多的空气。我观察着小姑娘，在女人的眼睛里捕捉到一丝闪光。我心想她们是否都知道了。是否所有人都知道了。消息是否已经传遍街头巷尾直至港口。这天夜里，小熊和奥多勒从我家出来之后，是否已煽动了整座城。我对婴儿露出微笑。年轻的母亲对我报以同样礼遇。这份坟头的寂静是因我而来。我上车的时候，所有人都在讲话，我确信。我甚至看见亚当神父扭头朝后座的人微笑。这会儿所有人都僵坐着。出租车成了运送死尸的灵车。

我们路过新芬党党部，多秋公园，皇家维多利亚医院。女学生轻轻叩响隔断板，手里拿着一枚二十便士的硬币。车停下来。我和布兰登的眼神在后视镜中相遇。我认得这双眼睛。我们对待敌人才有的轻蔑。我朝他微笑眨眼，轻轻点头，出于习惯的默契表示。他没回应。离合器没踩好，发动机狠狠抗议。

“他妈的！”司机回应发动机。

神父往他肩头一拍。

“布兰登！”

“对不起我的父，我没留神。”

他眼角的余光从我脸上扫过，然后沉下脸，眼睛紧盯着前方的雨。

我在米尔顿公墓下了车。路过花店，我买了一束干花。我走在坟墓间，朋友间。在共和派的墓区里，我为两位绝食抗议者献上了两枝黄色雏菊。还有一枝给吉姆·奥列瑞，伟大的“马洛里”，我们的火药师，我的朋友，死于一九八一年十一月六日，为爱尔兰。

然后我开始随机放花，像害怕迷路的小孩往地上丢石子。每献一枝花，我都会说点什么。站直，立正姿势的老兵。嗨，博比。嗨，吉姆。我在汤姆·威廉姆斯的墓上坐了一小会儿，悲剧的墓碑。

云团在山丘顶聚拢。雨点将雕像的砂岩打黑。阳光昙花一现，几束光芒之后又是阴暗。天空合拢，像一幅阴森的幕帘。

我走到墓园围栏前，转过身，向米尔顿道了声永别。

多秋路另一边是市政公墓。没有了这段共同的故事，那里是个休憩的地方。那里的死亡只有灰，没有三色。没有高昂的头颅，没有汹涌澎湃的心。那里，埋葬的不是我们。那就是我即将去的地方，因为我已不是自己人。

*

天黑下来，我决定向爱尔兰共和军坦白。

回到家中，希拉坐在我的扶手椅里等我。电视机关着，它的沉默让我吃惊。我站着，手里拿着最后一朵雏菊。花跟我一样，耷拉着脑袋。希拉站起来。我把花递给她。我欲张口，我将手指按上我的嘴唇。不要谎言。我们说好了的，要么是真相，要么是沉默。那么沉默就可以了。我打算到楼上房间里收拾几件衣服。希拉把包递过来。包已经装好，就放在扶手椅脚下。她准备的。她什么都不知道，但什么都想到了。包的最顶上，有钱，一个洋葱鸡蛋三明治，一瓶水。

还有基利贝格斯的钥匙。

客厅里很暗，窗帘紧闭。希拉只点了碗橱上的那盏小灯，夜蓝色的底座上画着“巴黎”的字样。她往我的大衣口袋里塞进一张照片，本来挂在我们卧室墙上的那张，上面是我们三人的微笑。照片上的杰克六岁，戴着一顶黑色塑料质地的伦敦警察帽。然后她帮我重新围好围巾，拿过来我放在玄关桌上的羊毛手套。有一瞬间，我怕她会哭，但是她没有。不是在这里，当着我的面。她脸上甚至有一丝苍白的微笑，是给病床上垂死者的礼物。我搂住她。她轻轻把我推开，握住我的手亲吻，一只，然后是另一只，还有深深的注视。她叹了口气，把手伸进开衫的口袋里，掏出一串念珠递给我。是我母亲祈祷用的念珠，黑色的珠子被磨得像铅弹一样光滑。

妈妈于一九七九年九月二十九日夜里在德罗赫达去世，死时唇边挂着微笑。那天早晨她五点起床，步行到了凤凰公园，让-保罗二世要在那里演讲。

宝宝莎拉四十五岁。她进了米斯郡的圣特蕾莎修道院。她和圣母往见的小修女们一起乘车前往，邀请妈妈加入她们的圈子。那天天气无比晴好，她们在阳光下祷告。

晚上，妈妈发着烧回到住处。她低声祈祷。自从她独自居住之后，每天晚上睡觉前都会有邻居来看她。轮流探视，每天一人。这天晚上，妈妈打扮得像是要出门。她穿上弥撒的裙子，黑衣白领，戴上蕾丝手套，脚踩漆皮皮鞋。她躺在床罩上，胸口放着圣母画像，地上放着两盏燃烧的蜡烛。她的念珠留在床边桌上，装在一只蓝色的信封里。

"给希拉·密汉，她会需要，"妈妈写道。

邻居发现她时就是这个样子。医生说没有死因。她死了，就是死了。

"要死的话，只需要求。"我母亲经常这么说。

我打开家门出去时，希拉没有动。

别回头，蒂隆。什么都别看。关上你的生活，不要有任何声响。黑夜。我的路，我的街区。街角第一批醉酒的身影。雨水把厚纸贴到我腿上。贝尔法斯特的气味，混合着雨水、泥土、煤炭、阴暗和不幸的美妙恶心。寂静战胜了武器的嘈杂，和平回归。我的酒吧，我的足迹，我的脚步，我一路和它们重逢。我推开了立有贝尔法斯特纵队二营纪念碑的街心广场的围栏。旗帜在风中飘扬，就跟在船首的旗杆上一样。黑色大理石上刻着我们的烈士的名字。

志愿军　吉姆·奥列瑞

1937—1981

于战斗中牺牲

我念出他的名字。和其他名字。

两条沉重的身影围着这些名字。两名爱尔兰共和军战士，头颅高昂，手搭着步枪柄，枪口朝地。我用手指抚摸石头，倾听他们的声音。小时候，我总爱把手掌放在树皮上，倾听那棵老榆树和我父亲的大松树。我还爱询问壁炉里被熏黑的温暖的砖，还有慕林酒吧地面铺着的油腻腻的松木。我认为自己是个巫师。

我按响门铃。麦克·奥多勒开了门。他看见我的包，点了下头。

“我马上回来，”他说。

他没让我进屋。

客厅的门开着，我听到他在打电话。阿比，我的教女，把窗帘掀开了一道缝。她应该是跪在沙发上。她看到我，认出我来了，微笑着朝我挥手。

“是蒂隆教父！”

我从她嘴唇的动作里读出我的名字。

麦克面对着墙，电话贴着耳朵。他单手套上夹克。小姑娘用食指敲敲窗玻璃，摆动手指头示意我进去。我摇摇头。不行，我亲爱的。很晚了。我不能。我做了她最喜欢的海盗鬼脸，手卷成望远镜放在眼前，咧开嘴露出一口烂牙。她大笑，转身告诉她父亲。他不耐烦地扬了扬手。她于是把窗帘拉得更开，向我展示客厅角落里的圣诞树，缓慢地一闪一闪。我忍住哽咽，朝她微笑。多好看的圣诞树呀，阿比，我跷起大拇指。她鼓起掌。麦克收起手机，走到女儿身边，看着我。他在温暖里，在如此满溢的幸福里。而我，我在冰冷的夜，我的冬天里。一扇窗将我们隔开。一层蕾丝窗帘，被一只孩子的手拦住。阴郁的麦克，灿烂的阿比。一个知情，一个不知。

“孩子们的生命就是我们的复仇。”

我曾经在达尼墓前说过。现在已经实现了，阿比。

麦克把女儿眼前的窗帘拉上时，我闭上眼睛。我会记住这一刻。这份无忧无虑，纯真无邪，这份给我的爱。

*

第一辆车在马路牙子上停下，没打灯，停在奥多勒家的门口和街道之间，英国装甲车要掩饰抓捕时也这么停车。我认出了开车的罗利，肖特斯川街区的人。他没熄火。在他旁边是科马克·马龙，新芬党中央委员会成员，永远的朋友。

他的在场让我安心许多。我在党手里，没交给共和军。两人都没扭头。他们望着前方，像在雨天开高速公路上一样精神高度集中。皮特·布莱德利坐在后排。“杀手皮特”，在英国人牢房里待的时间比在自家客厅还多。

皮特不打英国人，他恨他们。对他来说，战士和孩子没有区别。他们杀我们的小孩？那我们就该去杀他们的。以眼还眼，以牙还牙。他分不清亲英派和新教徒。就跟对面的种族主义者一样，他觉得天主教就是爱尔兰共和军，没有一个长老会教徒是清白的。和平的念头让他惶恐不安。战争是他的生命。停火之后，有那么几个和他一样的布莱德利走向异端，成了拒绝放下武器的那一小撮。他跃跃欲试，但没有付诸实施。即使被解散，爱尔兰共和军仍旧是他的部队，我们还是他的头儿。他只不过在酒吧里高谈阔论，满口的博比·桑兹，还信誓旦旦地说“那个家伙”应该继续战斗。

一九七四年五月十七日，皮特·布莱德利和未婚妻尼娅姆游览都柏林。那是他们人生头一次跨过国境线。他二十一岁，她十九。婚礼定在九月十四日。他们参观了奥康奈尔街的中央邮局，一九一六年复活节康诺利和他的人宣布成立爱尔兰共和国临时政府的地方。他们在半分桥上接吻，那是横跨拉菲河的情人桥。他们沿着格拉芙顿街往上走，梦想自己是有钱人或大学生。皮特买了一双鞋，尼娅姆买了一件白衬衣。十七时三十分，第一颗炸弹爆炸时他们正走在帕内尔街上。第二颗炮弹在塔尔博街炸响。第三颗摧毁了南伦斯特街。

尼娅姆被冲击波狠狠甩出，脑袋为首撞到墙上，身体撕裂。消防队员和爱尔兰警察赶到时，皮特守着尸体，试图将分离的手臂接上。

一小时后，另一颗炸弹在边境城市莫纳甘爆炸。都柏林死了二十七人，莫纳甘七人。其中包括一名孕妇，一名意大利女子和一名法国女子，犹太人，集中营幸存者的女儿。

亲英派的武装分子“保卫阿尔斯特志愿者”决定把战争带到爱尔兰共和国。他们按他们的方式行事，不发警告。他们就是要杀该死的天主教徒。英国安全部门被指控对他们的行动给予帮助。

这一天，皮特·布莱德利坐在血迹和残片中间，蜕变成了“杀手皮特”。他不再是为了爱尔兰的自由而战，他要报仇，为尼娅姆，为他自己的青春和被撕得粉碎的生活。

车里，坐在他旁边的是欧仁·芬尼根，小熊。他打开车门让到一旁，腾出位子让我坐上去。热气令人窒息，但是科马克·马龙的香水味却在对我说欢迎。那是我从巴黎给他带的淡香水。我抓住最不起眼的细节。最微弱的希望。为什么喷上我送他的礼物来押送我？他想说什么？我不用害怕？他是我的朋友？我在挡风玻璃的反射中寻找他的眼睛。他的眼神和路人的眼神一样含糊。

第二辆车停到对面。大灯短促的闪了一下。麦克跑过去，坐到前排。小熊坐到我身边。他把我挤得贴到皮特身上。“杀手”的一只手放在我膝上，像动物的爪子一样，紧紧抠住。

我是他的囚犯，他这样告诉我。

我们穿过街区中心，一路都是熟悉的街道。我对它们了如指掌。每座房子都有它的故事，每扇门后都藏着秘密。它们在向我挥手，我向它们说永别。

一九七二年某个晚上，科马克·马龙差点死在这个十字路口。从那以后，每次经过这里他都闭上眼睛。这次也不例外，他把目光投向别处。亲英派开着车从山基尔路过来，全速行驶，车窗大开，往外扫射，全然不顾那个正在跟他讲话的老人。科马克看见他们了。他朝老人扑过去，把他按倒在地，他手里还拿着拐杖和菜，他用自己的身体把他遮住，但是太晚了。背部三枪。葬礼来了两千人。科马克恨那个幸存下来的自己。

一九七四年，春野路的这盏路灯下，凯茜和吉姆的儿子丹尼斯·奥列瑞被一颗从装甲车枪眼里射出的塑料弹夺去生命。他正要去杂货铺取牛奶。十三岁，他死在这条马路牙子上，手中还攥着一张五英镑的钞票。

一九四二年二月末，在这个小花园里，就在山毛榉丘这扇漆成红色的大门前，一个爱尔兰共和军的人将手枪托付给我，我生平的第一把。

二〇〇六年十二月十六日星期六，早上六点，我们穿过了国境线。皮特的手依然紧抓着我的膝盖。科马克睡着了，小熊也是，额头贴在窗玻璃上，微微打鼾。我们在爱尔兰共和国。我正在回家。

党部在都柏林一家酒店订了一个大厅召开新闻发布会。新芬党一心要告知天下人，英国人还在继续他们肮脏的战争。先是试图镇压我们的抵抗，接着又玩渗透，收买了个别党员。

所有人下车前都系上了领带。我是唯一一个敞着衬衣衣领的，像个一早被放出来的临时羁押犯。大厅里全是人。我步行到达，自由地，被一群人簇拥着。摄像机，麦克风，所有这些记者同时说话。我一阵眩晕。关于我，他们知道什么？关于我们的斗争呢？他们来这里做什么？听什么？得知什么？报道什么？对他们来说，讲述战争多么容易。英国人好，恐怖分子坏。一目了然。他们不相信停火。“阴谋”，“策略”，他们翻遍怀疑的大口袋为他们的报道找标题。等到不得不承认事实的时候，他们又分不清政治意愿和军事上的屈从，然后索性绕过我们。和平？没意思。希望比担忧不好叫卖。突然，出乎所有人意料的，天上掉下个叛徒，一个间谍，真刺激，一个垂老的战争遗臭，他们有料可嚼了。

科马克就在我身后，身边还有另外一个中央委员会的人。他们的脸色沉重阴郁。麦克风递上来，我承认了。没有多说。这样，英国人就知道我坦白了。

“我叫蒂隆·密汉。我是一名英国特工。二十年前他们雇用了我，当时我正遭遇个人存在的艰难时刻。他们雇我提供情报……”

我深深吸了一口气。空气又回来了。得，结了。这段告解在我嗓子眼里待了好些年头，我曾经日日夜夜在头脑里重复默念，在街上、在酒吧吧台边、在三色旗下的游行队伍中低声念出，用眼神默默宣读，面向希拉、杰克、我的同志们、朋友们。我多么希望有人能听到。而我又多少次祈祷不要有人知道。夜里，我想要解脱。一到早晨，我又还是有点自以为是那个大人物蒂隆·密汉。

我承认了。人们把我扭送到外面，身后跟着几十个问题。我重新回到皮特和小熊中间的座位上。我的手微微发抖。“杀手”没有抓我的膝盖。他们把我带到乡下，离邓莱里几公里的地方，交给爱尔兰共和军审问。他们没明白这个没有灵魂的告白也面向我自己的阵营。我将保持沉默。我说得已经太多。从今往后我该闭嘴了。

*

十二月二十日上午九点，四天的审问之后，我重新回到街上。他们没打我，甚至没骂我。他们已经放弃。

“就到这儿吧，蒂隆，”麦克关掉摄像机对我说道。

“我可以走了？”

“是的。”

于是我迈开步子。走在码头，走向城市。我戴着墨镜，帽檐压低，像我还是战士的时候一样。我的照片依然在报纸上，在某些首页下方闪现。两张脸并排，年轻的蒂隆和坏人蒂隆。一脸灿烂的男孩，在一群战士里面，克鲁姆林监狱里走私犯般的笑容。呆滞的老头，站在麦克和欧仁中间，蓬头垢面，嘴唇干裂，眼神茫然，周围的话筒就像行刑队的步枪。我心中涌起惶恐。这个点儿，全爱尔兰，从南到北，有多少吧台壮汉梦想着要扒我的皮，多少酒吧里我的名字窸窣作响，多少双眼睛在寻找我的身影。另外一些人宣称认识我，他们的采访在国家电视台的频道里循环播放。

“您是真的一点都没觉察到吗?”

希拉在我包里藏了一百五十欧元。三张五十欧元的票子，折叠着放在包三明治的餐巾纸里。我搭公车到了都柏林市中心。肚子疼，头疼。这座城市从来没能让我觉得安心，如今我在这里成了威胁。我决定坐汽车到当尼戈尔。不用经过火车站，汽车上的人员来往也没火车上频繁。只要坐下，就算是躲起来了。最近的一趟爱尔兰巴士下午一点出发。我坐到最后靠左的位置，避开司机的大后视镜。我吃了希拉的三明治，变酸的鸡蛋，洋葱，软趴趴的面包。隔着几个座位，我看到自己的照片赫然在目。我窝进座位里。我得睡觉。

我在纳文闭上了眼睛。只持续了几分钟。卡文郡，弗吉尼亚。我的国家无声地在眼前闪过。车每次进站停靠，我都会扭头向窗外，手扶着额头。柏利康奈尔，柏利香农。路边的羊、倒下的树都能把司机逗乐，还有那位在佩提哥上车的美国女游客，举着相机拍车内的风景。

“在爱尔兰，肖像权是一人一欧!”司机对着麦克风嘟囔。

游客涨红了脸，滑稽地道歉，直到车内的笑声让她放下心来。

我们正在穿越当尼戈尔。天色渐暗。我感到童年的边境线在我身上跳跃。已经赶了将近五个小时的路。

“基利贝格斯！上段路，”司机喊道。

那是个小个子红发男，带着古怪的蓝色眼镜，像是一个农民从三一学院的大学生手里借了副眼镜戴。我默默穿过座椅间的过道，围巾一直裹到嘴上。我是唯一一个下车的人。他没有打开车门。我不得不回头看他。他按下操纵杆。

“祝你好运，”司机说。

我站在车阶上扭回头。他看着我。我点点头。司机们一般对他们的乘客说再见、回头见、我希望别下雨之类的。但不说“祝你好运”。我没有回应。他也点点头，随即关上了我身后的门。

我穿过村子，朝我父亲的房子走去。我弓着背，腿很疼，疲惫不堪。我走到那条土路上时天还没完全黑下来。那棵大松树，老旧的板岩屋顶。灌木丛里有一只装着沥青的桶，还有一把宽刷子。

叛徒!

大字赫然横在房子的面墙上。

没有强行破坏的痕迹。钥匙在锁眼里转动。我没有打开护窗板，关上门，插上插销，套上保险链。搁物架上还剩下十几支蜡烛和一瓶电灯用的酒精。我点了一段蜡烛。我不想让人从路上看见亮光。我没有脱衣服，身上依然保留着围巾、帽子和手套。壁炉明天再说。我把我们的床单和杰克的床单叠在一起，钻进去，就这样睡下了。打开我随身的小酒壶，里面的伏特加只剩一半。我一口气喝完。要把我的火点着。我倾听着寂静。童年的冬天，远处是圣诞节。向我的回归致意。向母亲的不幸、父亲的拳头致意。我又看到我的兄弟姐妹们，挤在大床上和地上的草垫上。向所有人、向我的爱致意。这个夜晚注定漫长。一个人能经历的最漫长的夜晚。即使他起身，白天也不会再来。不会有春天，不会有夏天，别无其他，除了黑夜。

二十三

基利贝格斯，二○○七年四月四日，星期三

这天夜里三点，爆炸声把我惊醒，猛烈的，回声不断。是雷。林子里有棵树被击倒。我浑身是汗。我点上火，在睡衣外面套了件开衫，看着壁炉里的火焰喝完了一瓶啤酒。

昨天晚上睡下的时候我嘴里哼着歌。自己的声音让我吃了一惊。我坐在床上，詹姆斯·康诺利的传记在被子上放着。我竖起耳朵听，像是以为有人进来了那样。啤酒，伏特加，发烧，醉意。我如忘我般低声吟唱。我躺下了，读页书来帮助睡眠。康诺利被敌人所伤，又受他们照料，行刑当天他连站都站不起来。他是坐在椅子上被枪决的。一九一六年五月十二日，处决那天，先前挽救了他的腿的外科医生问他是否愿意为医生自己祷告，还有那些即将置他于死地的人。

“是的，先生，”康诺利回答，“我会为所有按照他们自己对生命的理解行使使命的勇敢者祈祷。”

我又读了一遍这个句子，一字一顿，高声念出。

“按照他们自己对生命的理解。”

康诺利于是为这些刽子手祷告，因为他们确信自己在行使使命。我起身把这一页撕下，粘到笔记本里。然后又喝了一瓶啤酒。下一瓶之前的最后一瓶。这瓶黄啤淡得像水。我用伏特加勾兑，等量的酒精和啤酒倒在一起，我喝了好几杯。

我醉醺醺的睡下了，然后被吓醒。不是雷电。是钢铁被撕裂的尖叫。离房子不远，也许就在路上。我抓起手电筒和申阿纳的球棍，手紧紧攥着腕带。夜已深。屋外什么也没有，只有我一个人。我绕房一圈。背后传来声响。森林里的窸窣声。一只狐狸，或者是捕食的野鼠。

“我在这儿！”

我大声吼。

“蒂隆·密汉在这儿！”

海风耍弄我的头发。

“我等着你们，王八蛋！”

我抬头问天。它没有要起风暴的意思。月光抚摸着矮石墙和山丘顶。我是被记忆里的轰鸣声惊醒的，某次夜间的爆炸。这些来回晃悠的自责撕裂了我的梦。

我回到屋里，打开一瓶威士忌。倒，倒，倒。对，就像这样。啤酒瓶盖打开，气体释放。混合的液体直逼杯沿。昨日的醉意还未消退，今天的醉意又袭来。谁来对我说三道四？在这里，我和老鼠对话，鼠妇是我的朋友，我和蚂蚁士兵分享面包，它们一队一队的，在我的命令下行军。在我父亲的房子里，发号施令的是我。我拉开窗帘，敞开窗户。我要人们在黑夜里看到我。几个小时后，天边又会泛出白色的光亮。第一拨鸟儿会飞过。光明宽恕一切。新的一天又会到来，我还会活着。

*

惊醒我的不是爆炸，而是爆炸的回声。永远抹不去的回忆。十公斤硝酸铵、柴油和TNT的混合物，被吉姆装在一只铁垃圾桶里，除了炸药，里面还塞满钉子、螺丝、锉屑、玻璃碎和钢珠。

那是一九八一年十月末。绝食抗议刚结束几天。复仇的痛在我们的胸口阵阵发作。吉姆制造了三桶同样的炸药。藏在迪维斯公寓区那边一座废弃的房子的二楼。后勤负责人向他订制了一桶遥控炸药。第一枚炸弹应该在十一月十一日爆炸，目的在于破坏胜利纪念仪式。爱尔兰共和军将时间定在市政府典礼进行时，地点则是离那里几条街开外的一个露天停车场。

我从来没有喜欢过炸弹。自从世界大战以及贝尔法斯特遭突袭之后，炸弹一词在我看来属于德国人。我不喜欢被设计好的死亡。

“炸弹是穷人的武器，”吉姆自我辩护。

有天，他喝醉了，说布弹者也是提问人。整个酒吧都笑了。我没有笑。炸弹不杀人，它毁掉的是身体，它把身体撕烂撕碎。我不确定灵魂会跟随。

十一月五日，我给瓦尔德打电话。公墓见，就在我们的爱国者墓前。我有东西给他，但我要他重申曾经的契约。他饶有兴致地看着我。不逮捕？可以。我们已经说过了。他保证？他保证。

“爱尔兰共和军在为十一月十一日做准备。”

军情五处面色一下变白。他机械地扶了一下翻领上佩着的红色虞美人纸花，纪念的是第一次世界大战中倒下的战士。

“什么，准备什么？”

“一次袭击，举行仪式的时候。”

“纪念仪式应该在十一时开始。炸弹会在十一时三十分被引爆，正是台上讲话致辞的时间。不会伤及任何人，但爆炸的动静会盖过仪式。”

“炸弹会放在哪里？”

“不。我要交给你们的不是人，是炸弹。”

这么做没什么太大风险。多秋路上一座废弃的房屋。三个垃圾桶就埋在瓦砾堆下。爱尔兰共和军即使有人在那边监视应该也不会行动。不会为了挽救装备卷入战斗。

“你不会有事吗？”瓦尔德问。

我有些感动。我不再仅仅是被要挟的受害者，同时也是他关照的对象。

“你们难道不在废墟里进行常规侦察吗？”

“每日每夜，”英国人笑着说。

“爱尔兰共和军只会觉得你们走了狗屎运。”

瓦尔德急着休假，有些焦躁。他朝我伸出手，坚定地，像对待平等的人那样。

离开时我有一种奇怪的感觉。我从来没对自己坦白过，但这一天，还有接下来的几个小时里，我确有感到骄傲。把三枚炸弹交给敌人不会毁掉我们的未来。我与死亡战斗，我让自认为是领导者的人们安心。

这天晚上，在酒吧里，我忘掉了叛徒。

“看到你精神头这么好真是高兴啊，蒂隆，”一位老战友对我说。

回到家了，希拉和我笑着做了爱。

第二天，十一月六日，我到一个在城堡街摆摊的小贩那里给她买了花和玫瑰蜡烛。回来的路上我看到吉姆，还有马努斯和布兰达，两名在绝食抗议期间加入我们的年轻人。马努斯刚取得驾照。火药师要测试他的运输技能。布兰达朝我露出微笑。博比·桑兹死后，她问过我要怎么样才能让自己有用处。三人往藏匿点而去。如果英国人按计划已经在夜里行动，那么爱尔兰共和军能找到的只有他们的半筒靴在尘土上留下的鞋印。

我打了辆集体出租车。感觉轻盈。一个初中小姑娘问我有没有火，又问有没有烟。我笑了。我们的姑娘，放肆得很，下巴高扬，双拳支腰。

我朝家的方向走去。经过附近一家酒吧，老板正好在门口，他在我耳边说了点我爱听的话。我的手按到铜把手上正要进去之时，爆炸发生了。巨大的爆破声，就在迪维斯的方向。街上一切动静全都停止。我呆若木鸡。黑烟从楼房后升起。人们开始往着火的地方跑。黑出租司机按着喇叭掉头前往救援。在贝尔法斯特，人们不会躲避不幸，而是对不幸者伸出援手。

“一枚该死的炸弹！”酒吧老板喊着走到街上。

我踉跄着到了马路牙子上。我又看见他们三人。吉姆，马努斯，布兰达。费尽全力做出无辜的样子。

不逮捕，瓦尔德说。这个王八蛋说到做到。

吉姆·奥列瑞、马努斯·布罗迪和布兰达·康仑死了，像被焊在一起。人们不得不把他们被火熔在一起的肉割开。爱尔兰共和军给出的解释是，行动负责人操作失误。假的。我们的参谋部是知道的，但不愿承认技术上的失败。

我气疯了。我质问瓦尔德和红毛条子，所有这些自以为雇用我的王八蛋。为了平息我的怒气让我继续为他们干活不再大声嚷嚷，警察开口了。一支排雷队和四名特种部队成员在夜里进入房子。他们没有端掉炸药，而仅仅是研究了点火装置。他们本以为会碰上一个能够回应加密脉冲频率的复杂系统，结果眼前却是一个未加保护的装置，类似于给模型操作者用的无线电遥控系统。炸弹的控制调频面对所有干扰信号开放。

“马洛里太自信了，这会毁掉他的，”一名战士感叹。

他们把东西放归原处，抹掉一切痕迹，并开始在迪维斯公寓一座房顶上监视房子。等到吉姆带领队伍成员出现在房子里，他们便让伪装成冰淇淋贩售车的信号发射台上街。发射台与悬停在街区上空的直升机相联，大范围扫描那一带的无线电频谱，寻找引爆炸弹的开关。行动花了一小时不到。

英国人已决定一旦超过一小时就放弃。太危险。一般情况下，冰淇淋车播着那点蹩脚的音乐一出现孩子们便蜂拥而至，而这辆却跟黑车似的在街上无声徘徊。一个在刷围栏的人看它两次经过自家门口。第三次，他上前盘问司机。

炸弹就在这时爆炸了，英国人点的火。厚厚的黑烟升腾。尖叫声。抛射物如雨点般砸在周围。

“如何对待你的情报不是像我这样的警察能决定的，”红毛说。

“你们杀了三个人！”

“那是他们的炸弹，不是我们的。”

瓦尔德的话如出一辙。他很痛心。英国情报机关发现爱尔兰共和军根本就没打算把炸弹搁在停车场而是要安在汽车上来炸开市政府大门。

“妈的，这不是真的！你们撒谎！”

“都是空口无凭，密汉。我有理由更相信我的情报部门而不是你的，如果你允许的话。我们要保证零风险，仅此而已。”

我没有拒绝他的信封。一百五十英镑，车钱和打搅费。

我走了很久。我穿过敌意的街区，希望一切了结。我脱掉外套，挽起衬衣的袖子，炫耀我的刺青，爱尔兰国旗，凯尔特十字，黑色字母文着“1916”，在这里与竖中指无异。

没人找我麻烦。

我杀了达尼。我杀了吉姆和两个我们的孩子。我已经不再是叛徒，我是凶手。结束了。没有归途。

*

我发着烧。白天迟迟不来。我依旧在等待那一片光亮。我的国家令我寒冷，我思念我的土地。我无法呼吸，只是一个劲地喝酒。啤酒如泪水淋湿了我的胸膛。我知道他们在等。他们会来的。他们就在那里。我不会跑的。我在父亲的房子里，我会面对面盯着他们的眼睛，被枪决者的宽恕等着他的刽子手们。

妈妈我的天啊，帮帮我。

我如此害怕……

后　记

蒂隆·密汉的尸体于二〇〇七年四月五日星期四十五时被爱尔兰警察发现。他面朝下趴在壁炉前的客厅地上。他很可能刚从林子里回来，身边散落着许多树枝。他穿着外套，戴着围巾，帽子掉在地上。

凶手们用大榔头砸开大门。他身中三枪，12/76 口径的铅弹，一般用来射杀大型猎物。第一枪从手腕处打烂了他的左手，他似乎试图自我保护。第二枪射中颈部，打掉了右脸颊和肩膀的一部分。第三枪打中腹部。

爱尔兰共和军随即否认对蒂隆·密汉的死负有责任。一直到四年之后，二〇一一年的复活节，一个反对和平进程的共和组织才声称对这一“处决叛国者”的行动负责。

“他看起来对我们的出现并不吃惊，”两名蒙面杀手讲述道，“他没有喊，也没有哀求。他试图逃到房间里，但滑了一跤摔倒了。我们行刑的时候他已经在地上。”

蒂隆·密汉于二〇〇七年四月十四日被安葬在贝尔法斯特的市政公墓，送行的只有他的家人。

杰克如今已移民新西兰，在基督城某个爱尔兰酒吧工作。希拉依旧生活在贝尔法斯特，哈罗大道十六号。